中国现代《诗经》学经典文丛

王长华　董素山　主编

乐诗考略

王国维　著
陈晨　整理

河北出版传媒集团
河北教育出版社

图书在版编目（CIP）数据

乐诗考略 / 王国维著 ; 陈晨整理. -- 石家庄 : 河北教育出版社, 2025. 3. -- (中国现代《诗经》学经典文丛 / 王长华, 董素山主编). -- ISBN 978-7-5545-8985-4

Ⅰ. I207.222

中国国家版本馆CIP数据核字第2024U7U999号

乐诗考略

YUESHI KAOLUE

主　　编　王长华　董素山
作　　者　王国维
整　　理　陈　晨
责任编辑　杨　乐　乔　珊
装帧设计　于　越
出版发行　河北出版传媒集团
　　　　　河北教育出版社　http://www.hbep.com
　　　　　（石家庄市联盟路705号，050061）
印　　制　河北清静堂印刷有限公司
开　　本　890mm × 1240mm　1/32
印　　张　4.125
字　　数　76千字
版　　次　2025年3月第1版
印　　次　2025年3月第1次印刷
书　　号　ISBN 978-7-5545-8985-4
定　　价　45.00元

丛书编委会

总　序

◎王长华

伴随着40年中国学术研究整体上的飞速发展，《诗经》学研究这一学术分支也取得了此前罕有的进步和引人瞩目的成绩。不过，在《诗经》学内部，相对于古代《诗经》学史研究的全方位推进，现代《诗经》学的研究显得还不那么充分，它还存在很多有待开垦和研究的区域与空间。正是基于对这一现实状况的基本判断，河北教育出版社领导与《诗经》学界有关专家学者经过认真研讨磋商，决定编辑出版这套“中国现代《诗经》学经典文丛”。

所谓“现代”是个历史概念，学界一般认为学术史的“现代”起自1911年辛亥革命之后，截止于1949年10月1

日中华人民共和国成立，这段时间屈指算来还不足40个年头。就是在这短短的不到40年的历史时段中，中国《诗经》学研究发生了前所未有的堪称翻天覆地的巨大变化，涌现出了一批学术名家著成的《诗经》研究名作。

追溯历史，自汉代初年开始直到20世纪初清王朝结束，《诗经》在长达两千多年的时间里一直都占居“经”之地位，历代《诗经》研究者当然也必须遵从经学研究的家法和路数来解读它和阐释它，其间虽在宋代和明后期短时间内出现过部分学者突破经学藩篱，直陈《诗经》一些篇章里包含有普通人的情感而由此呈现出文学元素，但这些研究终究未能真正成为那个时代《诗经》研究的主流。历史进入现代，随着西学东渐历史大势的发生，一批留学欧美和日本，深受西方学术思想影响和饱经西方学术训练的学者归国，从此，中国《诗经》学研究翻开了新的篇章，这批学术新锐由初登文坛的青年才俊而迅速茁壮成长为书写《诗经》研究新历史篇章的著名学者，如章太炎、王国维、梁启超、胡适、郭沫若、闻一多，以及傅斯年、顾颉刚、谢无量等，他们各自携带自己成熟或不太成熟、措辞激烈或相对温和、直陈本心或舒缓抒情的著述，先后登上了中国《诗经》研究的历史舞台。于是，现代《诗经》学史上随之而陆续出现了诸名家基于对中国传统文化的批判、对中国文化现实的改造以及对中国文化未来命运重塑的初心，以《诗经》为突破口，渐次发起了白话文运动、东西文化论战、整理国故运动等与社会变革息息相关的一系列探究和争鸣，他们无所顾忌地引进和使用西方的学术理念和学术思想，恣意大胆地对《诗经》进行重新看待、重新定位和重新评价，其中涉及的问题包括《诗经》的作者、《诗经》的结集、《诗经》的性质、《诗经》中的赋比兴、《毛序》的作者及性质、《诗经》与白话、《诗经》与民歌等。

在看似纷繁复杂的现代《诗经》学40年历史变迁中，我们如果细心梳理分析，就不难发现这些学者名家几乎是始终如一地坚持了一个本心，那就是把两千多年的经学的《诗经》判定为文学的《诗经》，把诗篇文本中描绘的神圣的历史圣王圣迹判定为平民百姓的日常生活。从学术逻辑看，这段历史先后经过了把《诗经》还原为历史，再把历史定性为史料，之后又由史料平移而命名为文学，从而最终抵达了他们认为《诗经》原本应该抵达的终点。其实，视《诗经》为文学，不仅是中国现代史上学者们的使命，1949年进入当代以后，《诗经》学界的绝大部分学者所从事的《诗经》研究工作仍然继续坚持了这一方向。历史一再证明，同时代人无法完全跳出身处的时代真正看清自己的作为和理性评判自己的功过。让《诗经》研究摒弃经学而走向文学，是现代《诗经》学40年的最突出贡献。这套丛书所展示的就是历史上这40年里诸名家有代表性的学术成果。是非功过，期待有更多读者参与的更长时段的历史作出鉴定。

需要说明的是，学术的发展原本不会完全随着政治的变换和历史断代的变化而变迁，它除了随历史而变动，同时还固执地持守自身的变化和发展逻辑。所以，我们在本丛书中，除了收有1911年到1949年的《诗经》名家代表作外，还收入了部分属于清末学者的有代表性的著作，以此呈现一个历史阶段学术变迁的完整性。另外，此次出版这套丛书，整理者主要做了四方面工作：一是变竖排为横排；二是变繁体为简体；三是加新式标点；四是修订原书中的误植字。而由于时代变迁彼时以为对此时颇觉可商的用字、用词，以及一些带有方言色彩的习惯性表述，我们本着还原历史、尊重原著者的原则，均不作改动，一仍其旧。此心此意，尚祈读者诸君明鉴。

2024年8月20日初稿

2025年元月3日改定

目　录

释乐次[①]

凡乐，以金奏始，以金奏终。金奏者，所以迎送宾，亦以优天子、诸侯及宾客，以为行礼及步趋之节也。

《燕礼·记》："若以乐纳宾，则宾及庭，奏《肆夏》。"注："《肆夏》，乐章也，今亡。以金[②]镈播之，鼓磬应之，所谓金奏也。"

《郊特牲》："宾入大门而奏《肆夏》。"

《仲尼燕居》："两君相见，揖让而入门，入门而县兴。"

---

① 1917年7月，王国维主编的杂志《学术丛编》中发表了总题为《乐府考略》的七篇文章，后皆编入《观堂集林》（卷二）中。本次整理除收录这七篇文章外，还附录十三篇与《诗经》密切相关的学术论文，以求全面地展现王国维《诗经》学研究的面貌。本书各篇皆以1940年商务印书馆刊行的赵万里编《海宁王静安先生遗书》为底本，并参校他本。（本文所有页下注均为整理者添加）

② 《燕礼》注原文"金"作"钟"，误引作"金"。

又："入门而金作，示情也。"

《左氏·成十二年传》："晋郤至如楚聘，且涖盟。楚子享之，子反相，为地室而县焉。郤至将登，金奏作于下，惊而走出。"

《左氏·襄四年传》："穆叔如晋……晋侯享之，金奏《肆夏》之三，不拜。"

案：以上五事，金奏皆作于宾入门、或及庭之时，所以迎宾也。

《乡饮酒礼》："宾出，奏《陔》。"注："《陔》，《陔夏》也。陔之言戒也，终日燕饮，酒[1]以《陔》为节，明无失礼也。"

《乡射礼》："宾兴，乐正命奏《陔》。宾降，及阶，《陔》作。宾出，众宾皆出。"注："《陔》，《陔夏》，其诗亡。《周礼》：'宾醉而出，奏《陔夏》。'"

《燕礼》："宾醉，北面坐，取其荐脯以降，奏《陔》。"

《大射仪》："宾醉，北面坐，取其荐脯以降，奏《陔》。"

① "酒"后原有"罢"字，误脱。

《郊特牲》大飨："其出也，《肆夏》而送之，盖重礼也。"注："出谓诸侯之宾也。礼毕而出，作乐以节之。《肆夏》当为《陔夏》。"

案：以上五事皆于宾出时奏之，所以送宾也。

《周礼·大司乐》大祭祀："王出入则令奏《王夏》，尸出入则令奏《肆夏》，牲出入则令奏《昭夏》。""大飨不入牲，其他皆如祭祀。大射，王出入令奏《王夏》。"

案：此兼言送迎。

《周礼·乐师》："教乐仪，行以《肆夏》，趋以《采荠》，车亦如之。凡环拜，以钟鼓为节。"

《燕礼·记》："若以乐纳宾，则宾及庭，奏《肆夏》。宾拜酒，主人答拜，而乐阕，公拜受爵，而奏《肆夏》。公卒爵，主人升，受爵以下，而乐阕。"

《大射仪》："摈者纳宾，则[1]宾及庭，公降一等揖宾，宾辟。公升即席。奏《肆夏》。宾升自西阶，

---

① 《仪礼》原文无"则"。

主人从之，宾右北面至再拜，宾答再拜。主人降洗，洗南，西北面。宾降阶西，东面。主人辞降，宾对。主人北面盥，坐取觚洗，宾少进，辞洗，主人坐奠觚于篚，兴对，宾反位。主人卒洗，宾揖升。主人升，宾拜洗，主人宾右奠觚答拜，降盥，宾降，主人辞降，宾对。卒盥，宾揖升，主人升，坐取觚。执幂者举幂，主人酌膳，执幕者盖幕[①]，酌者加勺，又反之。筵前献宾，宾西阶上拜，受爵于筵前，反位。主人宾右拜送爵。宰胥荐脯醢。宾升筵。庶子设折俎。宾坐，左执觚，右祭脯醢，奠爵于荐右，兴取肺，坐绝祭，哜之，兴加于俎，坐捝手，执爵，遂祭酒，兴，席末坐，啐酒，降席，坐奠爵，拜，告旨，执爵兴。主人答拜。乐阕。"

又："主人盥，洗象觚，升酌膳，东北面献于公。公拜受爵，乃奏《肆夏》。主人降自西阶，阼阶下北面拜送爵。宰胥荐脯醢，由左房，庶子设折俎，升自西阶。公祭，如宾礼，庶子赞授肺。不拜酒，立执[②]爵，坐奠爵，拜，卒爵[③]。主人答拜。乐阕。升受爵，降奠于篚。"

① 执幕者盖幕，二"幕"《仪礼》原文皆作"幂"。

② 执，《仪礼》原文作"卒"。

③ 卒爵，《仪礼》原文作"执爵兴"。

《郊特牲》:“宾入大门而奏《肆夏》,示易以敬也。卒爵而乐阕。孔子屡叹之。”

案:此三事,《肆夏》之奏,非徒以纳宾,兼以为行礼及步趋之节,惟为宾与公奏之,所以优尊者也。

凡金奏之诗以《九夏》。

《周礼》:“钟师掌金奏。凡乐事,以钟鼓奏《九夏》:《王夏》《肆夏》《昭夏》《纳夏》《章夏》《齐夏》《族夏》《祴夏》《骜夏》。”

大夫、士有送宾之乐,而无迎宾之乐。其送宾也以《陔夏》。

《乡饮酒礼》:“宾出,奏《陔》。”

《乡射礼》:“宾兴,乐正命奏《陔》。宾降及阶,《陔》作。”

诸侯迎以《肆夏》,送以《陔夏》。

《燕礼·记》:“若以乐纳宾,则宾及庭,奏《肆夏》。”

《大射仪》:“擯者纳宾，宾及庭，公降一等揖宾，宾辟。公升，即席。奏《肆夏》。”

又:“宾醉，北面坐，取其荐脯以降。奏《陔》。”①

天子迎以《肆夏》，送以《肆夏》。

《周礼·大司乐》:“大祭祀……尸出入，则令奏《肆夏》。大飨如祭祀。”

《郊特牲》:“大飨……其出也,《肆夏》而送之。”②

《左传》:“《三夏》，天子所以享元侯也。”

而天子、诸侯出入，又自有乐。其乐天子以《王夏》，诸侯以《骜夏》，诸侯大射惟入用乐。

《周礼·大司乐》:“大祭祀……王出入，则令奏《王夏》……大飨……如祭祀。大射，王出入，令奏《王夏》。”

《大射仪》:“公入,《骜》。”

① “又”后引文出自《燕礼》。

② 引文出自《礼记·礼器》。

案:《钟师》注引杜子春曰:“王出入奏《王夏》,尸出入奏《肆夏》,牲出入奏《昭夏》,四方宾来奏《纳夏》,臣有功奏《章夏》,夫人祭奏《齐夏》,族人侍奏《族夏》,客醉而出奏《裓夏》[①],公出入奏《骜夏》。”案:此前三事,本《大司乐》职文。末二事,亦有《礼经》可据。中间说《纳夏》《章夏》《齐夏》《族夏》用处,不过望文为说,别无他据。然皆谓出入同乐也。而据《燕礼·记》及《大射仪》“纳宾用《肆夏》,宾出奏《陔》”,则诸侯于宾,迎送异乐。又《尚书大传》:“天子将出则撞黄钟,右五钟皆应。入则撞蕤宾,左五钟皆应。”则似天子出入,乐亦不同,均与《大司乐》职文异。或《大司乐》言王出入宗庙、射宫之乐,《大传》言王出入路寝之乐,故不同欤?抑《大传》所言“出撞黄钟”“入撞蕤宾”,虽异律而仍同乐欤?不可考矣。

金奏既阕,献酬之礼毕,则工升歌。升歌者,所以乐宾(祭祀则乐尸,尸亦宾类也)也。升歌之诗以《雅》《颂》,大夫士用《小雅》。

《乡饮酒礼》:“工歌《鹿鸣》《四牡》《皇皇者华》。”

---

① 《钟师》注引杜子春“裓夏”原作“陔夏”。

诸侯燕其臣及他国之臣亦用《小雅》。

《燕礼》:“工歌《鹿鸣》《四牡》《皇皇者华》。”

《大射仪》:“乃歌《鹿鸣》三终。”

《左氏·襄四年传》:“又歌《鹿鸣》之三,三拜。”

又:“《鹿鸣》,君所以嘉寡君也,敢不拜嘉?《四牡》,君所以劳使臣也,敢不重拜?《皇皇者华》,君教使臣曰”云云。

两君相见则用《大雅》。

《左氏·襄四年传》:“工歌《文王》之三,又不拜。”

又:“《文王》,两君相见之乐也。”

或用《颂》。

《仲尼燕居》:“两君相见……升歌《清庙》。”

案:《左氏传》叔孙豹谓《文王》两君相见之乐,而《仲尼燕居》则云两君相见升歌《清庙》。一《雅》一《颂》，用乐不同。疑叔孙所说，乃诸侯相见之通礼。惟鲁大庙用天子礼乐，升歌《清庙》，遂推而用之于宾客。《仲尼燕居》云云，乃就鲁现制言之。观《礼经》诸侯燕其臣及四方之宾，皆升歌《鹿鸣》之三。则两君相见自当升歌《文王》之三，不得越《大雅》而用《颂》也。《仲尼燕居》自是七十子后学所记，未必为孔子之言。

天子则用《颂》焉。

《祭统》："夫大尝禘，升歌《清庙》，下管《象》，朱干玉戚以舞《大武》，八佾以舞《大夏》，此天子之乐也。"

《明堂位》："（成王）命鲁公世世祀周公以天子之礼乐……季夏六月，以禘礼祀周公于大庙，升歌《清庙》。"

《文王世子》：天子视学……登歌《清庙》。

《尚书大传》：古者帝王升歌《清庙》之乐。

升歌既毕，则笙入。笙之诗，《南陔》《白华》《华黍》也。

《乡饮酒礼》："笙入，堂下磬南，北面立，乐

《南陔》《白华》《华黍》。”

《燕礼》:“笙入，立于县中，奏《南陔》《白华》《华黍》。”

歌者在上，匏竹在下，于是有间有合。间之诗，歌则《鱼丽》《南有嘉鱼》《南山有台》，笙则《由庚》《崇邱》《由仪》也。

《乡饮酒礼》:“乃间歌《鱼丽》，笙《由庚》；歌《南有嘉鱼》，笙《崇邱》；歌《南山有台》，笙《由仪》。”

《燕礼》文同上。

合之诗，《周南·关雎》《葛覃》《卷耳》《召南·鹊巢》《采蘩》《采蘋》也。

《乡饮酒礼》:“乃合乐:《周南·关雎》《葛覃》《卷耳》,《召南·鹊巢》《采蘩》《采蘋》。”

《乡射礼》:“工四人，二瑟……升自西阶，北面东上……笙入，立于县中……乃合乐:《周南·关雎》《葛覃》《卷耳》《召南·鹊巢》《采蘩》《采蘋》。”

《燕礼》:“遂歌乡乐:《周南·关雎》《葛覃》《卷

耳》《召南·鹊巢》《采蘩》《采蘋》。”

《燕礼》:“升歌《鹿鸣》,下管《新宫》。笙入三成,遂合乡乐。”

自笙以下诸诗,大夫、士至诸侯共之。

《乡饮酒礼》《乡射礼》《燕礼》。(均见上)

案:笙与间歌合乐所用诸诗,据现存《礼经》言之,大夫、士与诸侯无异。郑氏《诗谱》云:“其用于乐,国君以《小雅》,天子以《大雅》。然而飨宾或上取,燕或下就。何者?天子飨元侯,歌《肆夏》合《文王》,诸侯歌《文王》合《鹿鸣》。诸侯于邻国之君,与天子于诸侯同。天子、诸侯燕群臣及聘问之宾,皆歌《鹿鸣》合乡乐。”其于《乡饮酒礼》《燕礼》注亦云:“《小雅》为诸侯之乐,《大雅》《颂》为天子之乐。乡饮酒升歌《小雅》,礼盛者可以进取也。燕合乡乐,礼轻者可以逮下也。《春秋传》曰:《肆夏》《樊[①]遏》《渠》,天子所以享元侯也;《文王》《大明》《绵》,两君相见之乐也。然则诸侯相与燕,升歌《大雅》合《小雅》。天子与次国、小国之君燕,亦如之;与大国之君燕,升歌《颂》合《大雅》。其

① 樊,郑注原作“繁”。

笙间之篇未闻。”此二说略同。原郑所以为此说者，彼据《乡饮酒礼》《燕礼》，凡合乐所用之诗，皆下升歌一等，遂推之天子享元侯与诸侯相见，以为皆如是。因以《左氏内》《外传》之金奏《肆夏》为升歌，工歌《文王》为合乐。不知金奏自金奏，升歌自升歌，合乐自合乐。《内》《外传》明云："金奏《肆夏》之三，工歌《文王》之三"，则所云“天子合《大雅》”者无据矣。至谓诸侯相与燕，升歌《大雅》合《小雅》，则据《内传》“工歌《文王》之三”，又“歌《鹿鸣》之三”，《鲁语》作“歌《文王》《大明》《绵》”“伶箫咏歌及《鹿鸣》之三”。“伶”“箫”并言，或为合乐之证。然古天子、诸侯礼之重者，皆但有升歌、下管、舞，而无间歌、合乐。然则郑由《乡饮酒礼》《燕礼》以推天子、诸侯之合乐，其根据未免薄弱矣。

诸侯以上，礼之盛者，以管易笙。笙与歌异工，故有间歌，有合乐。管与歌同工，故升而歌，下而管，无间歌、合乐。下管之诗，诸侯《新宫》，天子《象》也。

《燕礼·记》："升歌《鹿鸣》，下管《新宫》，笙入三成，遂合乡乐。若舞，则《勺》。"

《大射仪》："乃席工于西阶上，少东。小臣纳工，工六人，四瑟。仆人正徒相大师，仆人师相少师，仆人士相上工。相者皆左何瑟，后首，内弦，

挎越，右手相。后者徒相入。小乐正从之。升自西阶，北面东上，坐授瑟，乃降。小乐正立于西阶东。乃歌《鹿鸣》三终。主人洗，升，实爵，献工。工不兴，左瑟，一人拜受爵。主人西阶上，北面[①]拜送爵。荐脯醢。使人相祭。卒爵，不拜。主人受虚爵。众工不拜，受爵，坐祭，遂卒爵。辩有脯醢，不祭。主人受爵，降奠于篚，大师及少师、上工皆降，立于鼓北，群工陪于后。乃管《新宫》三终。卒管。大师、少师[②]、上工皆东坫之东南，西面北上坐。”

《文王世子》：“天子视学……登歌《清庙》……下管《象》，舞《大武》。”

《明堂位》：“季夏六月，以禘礼祀周公于大庙……升歌《清庙》，下管《象》，朱干玉戚，冕而舞《大武》。皮弁素积，裼而舞《大夏》。”

《祭统》：“夫大尝禘，升歌《清庙》，下而管《象》，朱干玉戚以舞《大武》，八佾以舞《大夏》。”

《仲尼燕居》：“两君相见……升歌《清庙》[③]……下管《象》《武》，《夏》《籥》序兴。”

① 《大射仪》原文无“北面”二字。

② 原文“少师”前有“及”字。

③ 原文“两君相见”与“下管《象》《武》”之间本无“升歌《清庙》”，当是据下文补。

又："下而管《象》，示事也。"

案：此上六事，凡有管者皆无笙，亦无间歌、合乐，而皆有舞。惟《燕礼·记》则有管、有笙、有合乐、有舞。《记》举礼之变，故备言之。实则有管则当无笙，而以舞代合乐；有笙则当无管，而以合乐代舞。以他经例之当然，《记》言之未晳耳。《礼经》中《记》之作，自远在经后。据《大射仪》经文，则下管乃升歌之工，自降而吹管。管与歌同工，既管又笙，于事为赘。故郑于《燕礼·记》"笙入三成"下云："管之入三终，以管与笙为一。"此在《燕礼·记》或可如此解，然以此解《大射仪》，则全与经文牴牾。郑于《大射仪》"乃管《新宫》三终"下曰："笙从工而入，既管不献，略下乐也。"是亦以管为笙，且谓歌管异工。然经于"献工"后云："大师、少师、上工皆降，立于鼓北，群工陪于后。乃管《新宫》三终。卒管。大师及少师、上工皆东坫之东南，西面北上坐。"系管于大师六人皆降之后，又系大师等东于卒管之后。是《经》谓管者，即大师、少师、上工、群工，至为明显。否则未管之前，何以不书管入？卒管之后何以不书献管？且管者既别有人，则大师等六人升歌、受献之后，既已无事，何以须降立于鼓北？又何以须卒管而后东？可知注之无一当矣。故《祭统》与《仲尼燕居》皆云"升歌《清庙》，下而管《象》"。于"下"字下沾"而"字者，明下管之工即升歌之工，升而歌、下而管，非异人也。《乡饮》《乡射》《燕礼》有间歌、合乐，故歌笙异工。《大射》无间歌、合乐，既歌之后，堂上无事，故歌管同工。郑即以《乡饮酒》《燕礼》之“笙入”拟之，殊乖经旨。（又郑于“大师、少师、上工皆降，立于鼓北，群工陪于后”注曰：“鼓北，西县之北。言鼓北者，与鼓齐面，余长在后也。群工陪于后，三人为列也。”又于“乃管《新宫》三终”下注曰：“笙立于东县之中。”按郑既以歌者、管者异工，故以为大师六人降立于西县之北，管者立于东县之中，此大误也。大师等降立于鼓北者，鼓谓两建鼓。《经》云：“建鼓在阼阶西，南鼓。”“一建鼓在西阶之东南面，簜在建鼓之间。”则“鼓北”谓两建鼓之北。立于鼓北者，以就簜也。其地在两阶之间，非西县之北，亦非东县之中。故“卒管”后云“大师等皆东”。郑之失全在误认歌管异工，故无一合。若如今说，则四达不悖矣。）以《大射仪》推之，则《燕礼·记》所云“升歌《鹿鸣》，下管《新宫》”者，谓歌管同工，此用乐之一种。所云“笙入三成，遂合乡乐”者，则歌笙异工，此用乐之又一种。二种任用其一，不能兼用。所云“若舞则《勺》”者，则与弟一种为类，不与弟二种为类。以《文王世子》《明堂位》《祭统》《仲尼燕居》四事证之有余矣。《记》文备记礼变，往往如此，特语欠明辨，当以《大射仪》经文为正矣。（歌管同工，元敖继公《仪礼集说》已有此说。国朝诸儒或申郑难敖，非是。）

凡升歌用《雅》者，管与笙皆用《雅》；升歌用《颂》者，管亦用《颂》。

《乡饮酒礼》："工歌《鹿鸣》《四牡》《皇皇者华》……笙入……乐《南陔》《白华》《华黍》。"

《燕礼》："工歌《鹿鸣》《四牡》《皇皇者华》……笙入……奏《南陔》《白华》《华黍》。"

《燕礼·记》："升歌《鹿鸣》，下管《新宫》。"注："《新宫》，《小雅》逸篇也。"

《大射仪》："乃歌《鹿鸣》三终"，"乃管《新宫》三终"。

《文王世子》："登歌《清庙》，下管《象》。"

《明堂位》："升歌《清庙》，下管《象》。"

《祭统》："升歌《清庙》，下而管《象》。"

《仲尼燕居》："升歌《清庙》……下管《象》，《武》《夏籥》序兴。"

案：《毛诗·周颂序》："《维清》，奏《象》舞也。""下管《象》"，当谓管《维清》之诗。升歌《清庙》，下管《维清》，皆《颂》也。《仲尼燕居》云："下管《象》，《武》《夏籥》序兴。"郑读"下管《象》《武》"为句，然下云："升歌《清庙》，示德也。下而管《象》，示事也。"则当读"下管《象》"为句，“《武》《夏籥》序兴”为句。《武》，《大武》。《夏籥》，《大夏》也。《吕氏春秋·古乐篇》：“禹命皋陶作为《夏籥》九成，以昭其功。”是《夏籥》即《大夏》。夏者，夏翟羽。（郑氏《周礼·天官·序官》“夏采”注）《诗·邶风》“左手执籥，右手秉翟”，谓此舞也。《明堂位》：“升歌《清庙》，下管《象》。朱干玉戚，冕而舞《大武》。皮弁素积，裼而舞《大夏》。”《祭统》：“升歌《清庙》，下而管《象》。朱干玉戚以舞《大武》，八佾以舞《大夏》。”《文王世子》：“登歌《清庙》……下管《象》，舞《大武》。”皆歌《清庙》者，管《象》、舞《大武》《大夏》之证，则《仲尼燕居》之“《武》”不当属上读明矣。

凡有管则有舞。舞之诗，诸侯《勺》，天子《大武》《大夏》也。

《燕礼·记》《文王世子》《明堂位》《祭统》《仲尼燕居》。（均见上）

案：《礼经·传》上言“下管”者，下必言舞，而不言间歌、合乐。其言间歌、合乐者，皆不言舞。是二者可以相代。又案：天子、诸侯祭祀、宾客之礼皆有舞，则以用舞者为重，用间歌、合乐者为轻矣。

凡金奏之乐用钟鼓。

《周礼·钟师》:“掌金奏……以金[1]鼓奏《九夏》。”

天子、诸侯全用之，大夫、士鼓而已。

《乡饮酒礼》注:“《周礼·钟师》‘以金[2]鼓奏《九夏》’，是奏《陔夏》则有钟鼓矣。钟鼓者，天子、诸侯备用之，大夫、士鼓而已。盖建于阼阶之西，南鼓。”

《乡射礼》注:“《陔夏》者，天子、诸侯以钟鼓，大夫、士鼓而已。”

歌用瑟及搏拊。

《书·益稷》:“搏拊、琴瑟以咏。”

《乡饮酒礼》《乡射礼》《燕礼》:“工四人，二瑟。”

《大射仪》:“工六人，四瑟。”

《乐记》:“《清庙》之瑟，朱弦而疏越，一倡而

① 金,《周礼》原文作“钟”。

② 金，注文原作“钟”。

三叹，有遗音者矣。”

《荀子·礼论》:“《清庙》之歌，一倡而三叹也。悬一罄而尚拊搏，朱弦而通越，一也。”[①]

《尚书大传》:“古者帝王升歌《清庙》之乐，大琴练弦达越，大瑟朱弦达越，以韦为鼓，谓之搏拊。”

案:《礼经》《记》升歌有瑟无琴，亦无搏拊。《大传》所言，殆异代礼。

笙与管皆如其名，舞则《大武》用干戚，《大夏》用羽籥。

《明堂位》《祭统》《仲尼燕居》。(均见上。)

案:《公羊·昭二十四年传》[②]:“朱干玉戚以舞《大夏》，八佾以舞《大武》。”以《明堂位》《祭统》证之，“夏”“武”二字互误。

此其大略也。

---

① 引文《荀子·礼论》作:“《清庙》之歌，一倡而三叹也；县一钟，尚拊之膈，朱弦而通越，一也。”

② 引文出自《公羊·昭二十五年传》。

附：天子诸侯大夫士用乐表

	金奏	升歌	管	笙	间歌		合乐	舞	金奏
					歌	笙			
大夫、士乡饮酒礼	无	《鹿鸣》《四牡》《皇皇者华》	无	《南陔》《白华》《华黍》	《鱼丽》《南有嘉鱼》《南山有台》	《由庚》《崇邱》《由仪》	《周南·关雎》《葛覃》《卷耳》《召南·鹊巢》《采蘩》《采蘋》	无	《陔夏》
大夫、士乡射礼	无	无	无	无	无	无	《周南·关雎》《葛覃》《卷耳》《召南·鹊巢》《采蘩》《采蘋》	无	《陔夏》
诸侯燕礼之甲（据《燕礼经》）	无	《鹿鸣》《四牡》《皇皇者华》	无	《南陔》《白华》《华黍》	《鱼丽》《南有嘉鱼》《南山有台》	《由庚》《崇邱》《由仪》	《周南·关雎》《葛覃》《卷耳》《召南·鹊巢》《采蘩》《采蘋》	无	《陔夏》
诸侯燕礼之乙（据《燕·礼记》）	《肆夏》《肆夏》	《鹿鸣》	〔《新宫》〕	〔笙入三成〕			〔乡乐〕	勺	《陔夏》
诸侯大射仪	《肆夏》《肆夏》	《鹿鸣》三终	《新宫》三终						《陔夏》《骜夏》

两君相见		《文王》之三					《鹿鸣》之三		
		《清庙》	《象》					《武》 《夏籥》	
鲁禘		《清庙》	《象》					《大武》 《大夏》	
天子大射	《王夏》 《肆夏》	《清庙》	《象》					弓矢舞	《肆夏》 《王夏》
天子大飨	《王夏》 《肆夏》	《清庙》	《象》						《肆夏》 《王夏》
天子视学养老	《王夏》 《肆夏》	《清庙》	《象》					《大武》	《肆夏》 《王夏》
天子大祭祀	《王夏》 《肆夏》 《昭夏》	《清庙》	《象》					《大武》 《大夏》	《肆夏》 《王夏》

表内加〔 〕者不必备有。加□者经、传无明文，以意推之。

周《大武》乐章考

《乐记》:“夫《武》始而北，出再成而灭商，三成而南，四成而南国是疆，五成而分周公左、召公右，六成复缀以崇。”是《武》之舞凡六成，其《诗》当有六篇也。据《毛诗序》于《武》曰:“奏《大武》也”，于《酌》曰:“告成《大武》也。”则六篇得其二。《春秋左氏·宣十二年传》楚庄王曰:“武王克商作《武》，其卒章曰‘耆定尔功’，其三曰‘铺时绎思，我徂惟求定’，其六曰:‘绥万年[①]，屡丰年’，是以《赉》为《武》之三成，以《桓》为《武》之六成，则六篇得其四，其诗皆在《周颂》。”其余二篇，自古无说案。《祭统》云:“舞莫重于《武宿夜》”，是尚有《宿夜》一篇。郑注:“《宿夜》,《武》曲名也。”疏引皇氏云:“师说《书传》云:‘武王伐纣，至于商郊，停止宿夜，士卒皆欢乐，歌舞以待

① 原诗作“绥万邦”。

旦’，因名焉。《武宿夜》其乐亡也。”熊氏云：“此即《大武》之乐也。”案：“宿”，古“夙”字。《说文解字·夕部》：“夙，早敬也。”“𠈇，古文‘夙’，从人㐁。㑛，亦古文‘夙’，从人西，宿从此。”又《宀部》：“宿，止也。从宀㑛声。㑛，古文‘夙’。”《丰姞敦》云：“丰姞慭用夙夜享孝于䛒公，于室叔朋友”，“夙”正作“宿”，是《武宿夜》即《武夙夜》，其诗中当有“夙夜”二字，因以名篇。如《时迈》有“肆于时夏”语，因称《肆夏》矣。皇侃所称师说非也。《大武》六篇，其四篇皆在《周颂》，则此篇亦当于《颂》中求之。今考《周颂》三十一篇，其有“夙夜”字者凡四：《昊天有成命》曰“夙夜基命宥密”，《我将》曰“我其夙夜，畏天之威”，《振鹭》曰“庶几夙夜，以永终誉”，《闵予小子》曰“维予小子，夙夜敬止”。而《我将》为祀文王于明堂之诗，《振鹭》为二王之后助祭之诗，《闵予小子》为嗣王朝庙之诗，质以经文，《序》说不误。惟《昊天有成命》序云“郊祀天地也”。然郊祀天地之诗，不应咏歌文武之德。又郊以后稷配天，尤与文武无涉。盖作《序》者见此诗有“昊天”字，而望文言之。若《武夙夜》而在今《周颂》中，则舍此篇莫属矣。(《诗》有“成王不敢康”语，《周语》及贾子《新书》载叔向说此诗，以成王为武王之子、文王之孙。然《书·酒诰》云“成王畏相”，又云“惟助成王德显”。是“成王”乃殷周间成语。笺云：“文王、武王成此王功”，殆是也。）如此，则

《大武》之诗已得五篇，其余一篇疑当为《般》。何则？《酌》《桓》《赉》《般》四篇，次在《颂》末，又皆取诗之义以名篇。前三篇既为《武》诗，则后一篇亦宜然。此《武》诗六篇之可考者也，至其次第，则《毛诗》与楚乐歌不同。楚以《赉》为弟三,《桓》为弟六；毛则六篇分居三处，其次则《夙夜》弟一,《武》第二,《酌》弟三,《桓》弟四,《赉》弟五,《般》弟六。此殆古之次弟。案:《祭统》云:"献之属莫重于祼，声莫重于升歌，舞莫重于《武宿夜》。"考祼者献之始，升歌者乐之始，则《武宿夜》自当为舞之始。是《夙夜》当居弟一之证也。其余五篇次弟，亦与《乐记》所纪舞次相合。《武》云"胜殷遏刘"，而《记》云"再成而灭商"，是《武》为弟二成之证也。《武》为第二成，则"告成《大武》"之《酌》自当为弟三成。至《桓》云:"绥万邦"，又云"于以四方"，则与四成"疆南国"之事相合。《赉》之义为封功臣，则与五成"分周公左、召公右"之事相合。《般》云"於皇时周，陟其高山"，则与六成"复缀以崇"之事相合。是《毛诗》次弟与《乐记》同。(蔡邕《独断》所载《周颂》诸篇次弟，一如《毛诗》。或疑是《鲁诗》。然恐亦据毛也。)恐是周初旧弟，胜于楚乐歌之次弟远矣。又此六篇语意一贯，皆以文武受命为言。其首篇云"昊天有成命，二后受之"，又云"夙夜基命宥密"；其二篇云"嗣武受之"；三篇云"我龙受之"，皆谓受此成命也；其四篇云"天命匪解"；其五篇云

"文王既勤止，我膺[1]受之"，"勤"谓勤大命，(《单生钟》与《毛公鼎》皆云"劳勤大命"。)"膺受"谓膺受大命也。(《逸周书·克殷解》《毛公鼎》《益公敦》皆云"膺受大命"。)六篇云"裒时之对"，"裒时"即"不时"，亦即"丕时"。《大雅》云:"帝命不时。"《书·君奭》云:"在让后人于丕时。"裒、不、丕声相近，"裒时之对"犹言"帝命之对"，如《文王》《下武》言"配命"矣。五篇、六篇之末皆云"时周之命"，又与首篇相应。又弟一篇兼言文武，弟二篇咏武王，而原本于《文王》之"克开厥后"。弟三、弟四专言武王，而弟五篇复追言文王之勤命。六篇语意相承，不独为一诗之证，其次序亦较然矣。今以上所论者，列表明之。

	一成	再成	三成	四成	五成	六成
所象之事	北出	灭商		南国是疆	分周公左、召公右	复缀以崇
舞容	总干山立	发扬蹈厉			分夹而进	武乱皆坐
舞诗篇名	《武宿夜》	《武》	《酌》	《桓》	《赉》	《般》
舞诗	昊天有成命，二后受之。成王不敢康，夙夜基命宥密。於缉熙，单厥心，肆其靖之。	於皇武王，无竞维烈。允文文王，克开厥后。嗣武受之，胜殷遏刘，耆定尔功。	於铄王师，遵养时晦。时纯熙矣，是用大介。我龙受之，蹻蹻王之造。载用有辞[2]，实维尔公允师。	绥万邦，屡丰年。天命匪懈，桓桓武王。保有厥士，于以四方，克定厥家。於昭于天，皇以间之。	文王既勤止。我膺受之。敷时绎思，我徂维求定。时周之命，於绎思。	於皇时周，陟其高山。堕[3]山乔岳，允犹翕河。敷天之下，裒时之对，时周之命。

① 膺，《毛诗》作"应"。

② 辞，《毛诗》作"嗣"。

③ 堕，《毛诗》作"嶞"。

说《勺》舞《象》舞

周一代之大舞曰《大武》，其小舞曰《勺》、曰《象》。《内则》:“十有三年，学乐、诵诗、舞《勺》，成童舞《象》。”郑注:“先学《勺》，后学《象》，文武之次也。”疏引熊安生云:“《勺》，籥也。言十三之时，学此舞籥之文舞也。”又云:“《象》谓用干戈之小舞也。”是《勺》与《象》皆小舞，与《大武》《大夏》之为大舞者不同。然汉人皆以《勺》《象》与《大武》为一。《燕礼·记》:“若舞则《勺》”，注:“《勺》《颂》篇告成《大武》之乐歌也。”又《明堂位》:“下管《象》”，注曰:“《象》，谓《周颂·武》也。”是以《勺》为《酌》，《象》为《武》，皆《大武》之一成。《白虎通·礼乐篇》:“周乐曰《大武》，《象》，(‘象’上夺‘武王之乐曰’五字，校以下文自明。) 周公之乐曰《酌》，合曰《大武》。”“周公曰《酌》者，言周公辅成王，能斟酌文武之道而成之也。武王曰《象》者，象太平而作乐，示已太平也。合曰《大武》者，天下始乐周之征伐行武”云云。是亦以《勺》与《象》皆《大武》之一节也。《吕氏春秋·古乐篇》:“武王即位，以六师伐殷。六师未至，以锐兵克之于牧野。归，乃荐俘馘于京大室，乃命周公作为《大武》。成王立，殷民反，王命周公践伐之。商人服象，为虐于东夷，周公遂以师逐之，至于江南，乃为《三象》，以嘉其德。”(《淮南·齐俗训》亦云:“周乐《大武》《三象》《棘下》。”）此虽别《武》与《象》为二，又以《象》为周公之乐，与《白虎通》说正相反。然以《三象》为继《大武》而作，又以《象》为周公南征之事，正与《乐记》《大武》“四成而南国是疆，五成而分周公左、召公右”，及“《武》乱皆坐，周、召之治”相合。疑《武》之六成本是大舞，周人不必全用之，取其弟二成用之，谓之《武》；取其弟三成用之，谓之《勺》；取其四成、五成、六成用之，谓之《三象》。故《白虎通》谓《酌》《象》合曰《大武》，而郑君注《礼》亦以《武》《象》为一也。然谓《武》亦有《象》名，则可；谓《诗序》之《象》舞与《礼》下管所奏之《象》即《大武》之一节，则不可。《诗序》:“《维清》，奏《象》舞也。”以“《武》，奏《大武》也”例之，《象》舞当用《维清》之诗。而《维清》之诗，自咏文王之文德与《清庙》“维天之命”为类。则《礼》之“升歌《清庙》，下管《象》”者，自当下管《维清》，不当管《武宿夜》以下六篇也。且《礼》言“升歌《清庙》，下管《象》”者，皆继以舞《大武》。管与舞不同时，自不得同用一诗。《左传》“见舞《象箾》《南籥》者”“见舞《大武》者”，是《大武》之外，又自有《象》舞。且与《南籥》连言，自系文舞，与《武》之为武舞有别。《维清》之所奏，与升歌《清庙》后之所管、《内则》之所舞，自当为文舞之《象》，而非武舞之《象》也。二者同名异实，后世往往相淆，故略论之。

说《周颂》

阮文达《释颂》一篇，其释颂之本义至确。然谓三《颂》各章皆是舞容，则恐不然。《周颂》三十一篇，惟《维清》为《象》舞之诗，《昊天有成命》《武》《酌》《桓》《赉》《般》为《武》舞之诗，其余二十四篇为舞诗与否，均无确证。至《清庙》为升歌之诗，《时迈》为金奏之诗，（据《周礼·钟师》注引吕叔玉说，则《执竞》《思文》亦金奏之诗。）尤可证其非舞曲。《毛诗序》云："《颂》者，美盛德之形容，以其成功告于神明者也。""盛德之形容"，以貌表之可也，以声表之亦可也。窃谓《风》《雅》《颂》之别，当于声求之。《颂》之所以异于《雅》《颂》[1]者，虽不可得而知。今就其著者言之，则《颂》之声较《风》《雅》为缓也。何以证之？曰《风》《雅》有韵，而《颂》多无韵也。凡乐诗之所以用韵者，以同部之

① "《雅》《颂》"当为"《风》《雅》"之误。下文有"《颂》之所以异于《风》《雅》者。"

音间时而作，足以娱人耳也。故其声促者，韵之感人也深；其声缓者，韵之感人也浅。韵之娱耳，其相去不能越十言，或十五言。若越十五言以上，则有韵与无韵同。即令二韵相距在十言以内，若以歌二十言之时歌此十言，则有韵亦与无韵同。然则《风》《雅》所以有韵者，其声促也；《颂》之所以多无韵者，其声缓而失韵之用，故不用韵。此一证也。其所以不分章者亦然。《风》《雅》皆分章，且后章句法多叠前章。其所以相叠者，亦以相同之音间时而作，足以娱人耳也。若声过缓，则虽前后相叠，听之亦与不叠同。《颂》之所以不分章、不叠句者，当以此。此二证也。《颂》如《清庙》之篇，不过八句。不独视《鹿鸣》《文王》长短迥殊，即比《关雎》《鹊巢》亦复简短。此亦当由声缓之故。此三证也。《燕礼·记》："若以乐纳宾，则宾及庭，奏《肆夏》。宾拜酒，主人答拜，而乐阕。公拜受爵而奏《肆夏》。公卒爵，主人升，受爵以下，而乐阕。"又《大射仪》自"奏《肆夏》"以至"乐阕"，中间容宾升、主人拜、至降洗、宾降、主人辞、宾对、主人盥、洗觚、宾辞洗、主人对、主人升、宾拜洗、主人答拜、降盥、宾降、主人辞降、宾对、卒盥、升、主人酌膳、献宾、宾拜、受爵、主人拜送爵、宰胥荐脯醢、庶子设折俎、宾祭脯醢、祭肺、哜肺、祭酒、啐酒、拜、告旨、主人答拜，凡三十四节。为公奏《肆夏》时亦然。《肆夏》一诗，不过八句。而自始奏以至乐阕，所容礼文之繁如此，则声缓可知。此四证也。然则《颂》之所以异于《风》《雅》者，在声而不在容。则其所以“美盛德之形容”者，亦在声而不在容可知。以名《颂》而皆视为舞诗，未免执一之见矣。

说《商颂》上

《商颂》诸诗作于何时，毛、韩说异。《毛诗序》谓："微子至于戴公，其间礼乐废坏。有正考父者，得《商颂》十二篇于周之大师，以《那》为首。"是毛以《商颂》为商诗也。《史记·宋世家》："襄公之时，修行仁义，欲为盟主。其大夫正考父美之，故追道契、汤、高宗，殷所以兴，作《商颂》。"《集解》骃案："《韩诗章句》亦美襄公。"案：《集解》虽但引薛汉《章句》，疑是韩婴旧说，史迁从之。杨子《法言·学行》篇："正考父尝晞尹吉甫矣，公子奚斯尝晞正考父矣。"亦以《商颂》为考父作，皆在薛汉前后。汉曹褒及刻石之文亦皆从韩说。是韩以《商颂》为宋诗也。襄公、考父时代不同，韩说固误。然以为考父所作，则固与《毛诗》同本《鲁语》，未可以臆定其是非也。《鲁语》闵马父谓："正考父校商之名《颂》十二篇于周大师，以《那》为首。"考汉以前初无校书之说，即令"校"字作"校理"解，亦必考父自有一本，然后取周大师之本以校之，不得言“得”。是《毛诗序》改“校”为“得”，已失《鲁语》之意矣。余疑《鲁语》“校”字当读为“效”。效者，献也，谓正考父献此十二篇于周大师。韩说本之。若如《毛诗序》说，则所得之本自有次弟，不得复云以《那》为首也。且以正考父时代考之，亦以献诗之说为长。《左氏·昭七年传》：“及正考父佐戴、武、宣。”《世本》：“正考父生孔父嘉。”（《诗·商颂》正义引。）《潜夫论·氏姓志》亦云考孔父之卒在宋殇公十年。自是上推之，则殇公十年、穆公九年、宣公十九年、武公十八年、戴公三十四年，自孔父之卒上距戴公之立，凡九十年。孔父佐穆、殇二公，则其父恐不必逮事戴公。亦令早与政事，亦当在戴公暮年。而戴公之三十年，平王东迁，其时宗周既灭，文物随之。宋在东土，未有亡国之祸，先代礼乐自当无恙，故献之周太师，以备四代之乐。较之《毛诗序》说，于事实为近也。然则《商颂》为考父所献，即为考父所作欤？曰：否。《鲁语》引《那》之诗而曰：“先圣王之传恭，犹不敢专，称曰‘自古’。古曰‘在昔’，昔曰‘先民’。”可知闵马父以《那》为先圣王之诗，而非考父自作也。《韩诗》以为考父所作，盖无所据矣。

说《商颂》下

然则《商颂》果为商人之诗与？曰：否。《殷武》之卒章曰“陟彼景山，松柏丸丸”，毛、郑于“景山”均无说。《鲁颂》拟此章则云“徂徕之松，新甫之柏”，则古自以景山为山名，不当如《鄘风·定之方中》传“大山”之说也。案:《左氏传》:“商汤有景亳之命。”《水经注·济水篇》:“黄沟枝流北迳已氏县故城西。又北迳景山东。”此山离汤所都之北亳不远，商邱蒙亳以北，惟有此山。《商颂》所咏，当即是矣。而商自般庚[①]至于帝乙居殷虚[②]，纣居朝歌，皆在河北。则造高宗寝庙，不得远伐河南景山之木。惟宋居商邱，距景山仅百数十里。又周围数百里内别无名山，则伐景山之木以造宗庙，于事为宜。此《商颂》当为宋诗，不为商诗之一证也。又自其文辞观之，则殷虚卜辞所纪祭礼与制度、文物，于《商颂》

① 般庚，即盤庚，卜辞作“般庚”。

② 殷虚，即殷墟，早期典籍“墟”多作“虚”。

中无一可寻。其所见之人、地名与殷时之称不类，而反与周时之称相类。所用之成语，并不与周初类，而与宗周中叶以后相类。此尤不可不察也。卜辞称国都曰“商”不曰“殷”，而《颂》则“殷”“商”错出。卜辞称“汤”曰“大乙”，不曰“汤”，而颂则曰“汤”、曰“烈祖”、曰“武王”。此称名之异也。其语句中亦多与《周诗》相袭，如《那》之“猗那”，即《桧风·苌楚》之“阿傩”、《小雅·隰桑》之“阿难”、石鼓文之“亚箬”也。《长发》之“昭假迟迟”，即《云汉》之“昭假无赢”、《烝民》之“昭假于下”也。《殷武》之“有截其所”，即《常武》之“截彼淮浦，王师之所”也。又如《烈祖》之“时靡有争”，与《江汉》句同；“约軧错衡，八鸾鸧鸧”，与《采芑》句同。凡所同者，皆宗周中叶以后之诗。而《烝民》《江汉》《常武》，《序》皆以为尹吉甫所作。扬雄谓“正考父晞尹吉甫”，或非无据矣。顾此数者，其为《商颂》袭《风》《雅》，抑《风》《雅》袭《商颂》，或二者均不相袭，而同用当时之成语，皆不可知。然《鲁颂》之袭《商颂》，则灼然事实。夫鲁之于周，亲则同姓，尊则王朝。乃其作《颂》，不摹《周颂》，而摹《商颂》。盖以与宋同为列国，同用天子之礼乐。且《商颂》之作，时代较近，易于摹拟故也。由是言之，则《商颂》盖宗周中叶宋人所作，以祀其先王。正考父献之于周太师，而太师次之于《周颂》之后。

逮《鲁颂》既作，又次之于《鲁》后。若果为商人作，则当如《尚书》例，在《周颂》前，不当次《鲁颂》后矣。然则《韩诗》以《商颂》为宋人所作，虽与《鲁语》闵马父之说不尽合，然由《商颂》之诗证之，固长于毛说远矣。

汉以后所传周乐

《大戴礼记·投壶篇》:“凡《雅》二十六篇，其八篇可歌，歌《鹿鸣》《貍首》《鹊巢》《采蘩》《采蘋》《伐檀》《白驹》《驺虞》。八篇废，不可歌。七篇《商》《齐》，可歌也。三篇间歌。《史辟》《史义》《史见》《史童》《史谤》《史宾》《拾声》《睿挟》。”(《史辟》以下八篇，孔氏广森《补注》以为即废不可歌之八篇。）案：此二十六篇，今《鹊巢》《采蘩》《采蘋》《驺虞》在《召南》,《伐檀》在《魏风》,《商》《齐》七篇或在《齐风》，或在《商颂》,《貍首》《史辟》诸篇均佚。惟《鹿鸣》《白驹》与间歌三篇(《鱼丽》《南有嘉鱼》《南山有台》）在《小雅》。《投壶》所纪诗之部居次第均与四家《诗》不同，盖出先秦以后乐家之所传。案:《乐记》师乙言声歌有《颂》、有《大雅》、有《小雅》、有《风》、有《商》《齐》。今此二十六篇亦有《雅》、有《风》、有《商》《齐》，与鲁太师所传者同。不过春秋之末，鲁太师所传者，

《雅》自《雅》,《风》自《风》,《商》《齐》自《商》《齐》,不相杂也。厥后废阙，所存仅二十六篇。其中兼有各类，以其首篇为《鹿鸣》，遂悉以《雅》名之。至作《投壶》时，又亡其八篇。(《史辟》《史义》诸篇声与诗俱亡。乐人口耳相传，篇名不无讹舛，其实未必不在三百篇中也。）乃备记其存亡之目，盖在战国以后矣。《投壶》所存十八篇，至汉犹有存者。《琴操》云:“古琴曲有歌诗五曲：一曰《鹿鸣》，二曰《伐檀》，三曰《驺虞》，四曰《鹊巢》，五曰《白驹》。”皆在上十八篇中。《宋书·乐志》云:“汉章帝元和二年，宗庙乐食举故事，有《鹿鸣》《承元气》二曲。”又云:“汉大乐食举十三曲，一曰《鹿鸣》。”又云:“魏雅乐四曲：一曰《鹿鸣》，后改曰《於赫》，咏武帝；二曰《驺虞》，后改曰《巍巍》，咏文帝；三曰《伐檀》，后省除；四曰《文王》，后改曰《洋洋》，咏明帝。《驺虞》《伐檀》《文王》并左延年改其声。”《晋书·乐志》云:“杜夔传旧雅乐四曲：一曰《鹿鸣》，二曰《驺虞》，三曰《伐檀》，四曰《文王》，皆古声辞。及太和中，左延年改夔《驺虞》《伐檀》《文王》三曲，更自作声节。其名虽存，而声实异。惟因夔《鹿鸣》，全不改易。是汉魏所存周乐四篇,《鹿鸣》《驺虞》《伐檀》亦在《投壶》可歌八篇中，惟《文王》一篇，不知得自何所。”(汉雅乐有三源。《汉书·礼乐志》:“汉兴乐家有制氏，以雅乐声律世世在大乐官。”服虔曰：制氏，“鲁人也”，此鲁乐也。又“高祖时，叔孙通因秦乐人制宗庙乐”，此秦乐也。《景十三王传》“武帝时，河间献王来朝，献雅乐”，此赵乐也。《投壶》所存十八篇，盖鲁乐家之所传。杜夔为汉雅乐郎，盖又习秦、赵所传雅乐。故《文王》一篇，乃出于十八篇之外也。）由前后观之，则《投壶》所存古乐十八篇，《风》《雅》《商》《齐》上同师乙之分类，《鹿鸣》《伐檀》《驺虞》，下同杜夔之所传。其为周秦之间乐家旧弟无疑。案：古乐家所传诗之次弟，本与诗家不同。《左氏传》季札观周乐，《豳》在《秦》前，《魏》《唐》在《秦》后。今诗则《魏风》《唐风》在《齐风》之次，《豳》在《曹风》之次。此相异者一也。《乡饮酒礼》《乡射礼》《燕礼》合乐，《周南·关雎》《葛覃》《卷耳》《召南·鹊巢》《采蘩》《采蘋》。《周南》三篇相次，则《召南》三篇亦当相次。今诗《采蘩》《采蘋》之间尚有《草虫》一篇。此相异者二也。《乡饮酒礼》《燕礼》：笙《南陔》《白华》《华黍》；间歌《鱼丽》，笙《由庚》；歌《南有嘉鱼》，笙《崇邱》；歌《南山有台》，笙《由仪》。是乐次当如此。而《毛诗》旧弟据《六月》序，则《南陔》在《杕杜》之后、《鱼丽》之前，与《礼经》乐次不合。今《毛诗》则《由庚》《崇邱》《由仪》又皆在《南山有台》后。郑《笺》所谓“毛公为《诂训传》，推改什首”者是也。此相异者三也。《左氏传》楚庄王以《赉》为《武》之三篇，《桓》为《武》之六篇。杜预以为楚乐歌之次弟。而前《大武考》所定《夙夜》《武》《酌》《桓》《赉》《般》，盖周《大武》之旧弟。而《毛诗》则《夙夜》在《清庙之什》，《武》在《臣工之什》之末，《酌》《桓》《赉》《般》在《闵予小子之什》之末。此相异者四也。此诗、乐二家，春秋之季已自分途。诗家习其义，出于古之师儒。孔子所云“言《诗》”“诵《诗》”“学《诗》”者，皆就其义言之。其流为齐、鲁、韩、毛四家。乐家传其声，出于古之太师氏。子贡所问于师乙者，专以其声言之，其流为制氏诸家。诗家之诗，士大夫皆习之，故《诗》三百篇至秦汉具存。乐家之诗，惟伶人世守之，故子贡时尚有《风》《雅》《颂》《商》《齐》诸声。而先秦以后仅存二十六篇，又亡其八篇，且均被以《雅》名。汉魏之际，仅存四五篇。（王深宁《汉书艺文志考》谓乐家《雅歌诗》四篇即杜夔所传四篇。是西汉末已只存四篇。）后又易其三。讫永嘉之乱，而三代之乐遂全亡矣。二家本自殊途，不能相通。世或有以此绳彼者，均未可谓笃论也。

丙辰春莫，与嘉兴沈乙庵方伯谈古乐诗。方伯谓古乐家次第与诗家不同，因申论之如此。

附录

尔雅草木鱼虫鸟兽名释例上

物名有雅俗，有古今。《尔雅》一书，为通雅俗、古今之名而作也。其通之也，谓之“释”，释雅以俗，释古以今。闻雅名而不知者，知其俗名，斯知雅矣；闻古名而不知者，知其今名，斯知古矣。若雅俗、古今同名，或此有而彼无者，名不足以相释，则以其形释之。草、木、虫、鱼、鸟多异名，故释以名；兽与畜罕异名，故释以形。凡雅俗、古今之名，或同实而异名，或异实而同名。雅与雅同名而异实，则别以俗;（如“葝，山䪥”“葝，鼠尾”之类。）俗与俗异名而同实，则同以雅;（如“薜，山蘄”“薜，白蘄”之类。）雅与雅异名而同实，则同以俗。（如“榇，木堇”“椵，木堇”之类。）或雅与俗同名异实，则各以雅与俗之异者异之；雅与俗异名同实，则各以其同者同之。（如“荼，苦菜”“蔈、荂，荼”，“鵹黄，楚雀”“仓庚，黧黄也”之类。）凡雅、俗多同名而稍变其音。（如“萑，蓷”“粢，稷”之类。）凡俗名多取雅之共名，而以其别别之。有别以地者，则曰“山”、曰“海”、曰“河”、曰“泽”、曰“野”。有别以形者，形之最著者曰之“大”“小”。大谓之“荏”，亦谓之“戎”，亦谓之“王”。小者谓之“叔”，谓之“女”，谓之“妇”，妇”谓之“负”。大者又谓之“牛”，谓之“马”，谓之“虎”，谓之“鹿”。小者谓之“羊”，谓之“狗”，谓之“菟”，谓之“鼠”，谓之“雀”。有别以色者，则曰“皤”、曰“白”、曰“赤”、曰“黑”、曰“黄”。以他物譬其色，则曰“蕒”、曰“乌”。有别以味者，则曰“苦”、曰“甘”、曰“酸”。有别以实者，则草木之有实者曰“母”，无实者曰“牡”，实而不成者曰“童”。此诸俗名之共名，皆雅名也。是故雅名多别，俗名多共；雅名多奇，俗名多偶。其他偶名皆以物德名之。有取诸其物之形者，（如“垂，比叶”“瓝，九叶”之类。）有取诸其物之色者，（如“夏扈[①]，窃玄”之类。）有取诸其物之声者，（如“蛰，蜻蜻”之类。）有取诸性习者，（如“皇，守田”“蠰，啮桑”之类。）有取诸功用者，（如“箭[②]，王蔧”“菌，薝”之类。）有取诸相似之他物者，或取诸生物，（如“菿藈，豕首”之类。）或取诸成器。（如“蔨，绶”“绖，履”之类。）其余或以形状之词，其词或为双声，（如“薢茩，芵茪”“荚，蒫

① 扈，《尔雅 · 释鸟》原作“鳸”，“扈”“鳸”异体。

② 箭，《尔雅 · 释草》作“莇”。

堇”之类。）或为叠韵。（如“苨，菧苨”“蒟[1]，芋荧”之类。）此物名之大略也。

① 蒟，《尔雅·释草》作“蒟”。

尔雅草木虫鱼鸟兽名释例下

凡雅俗、古今之名，同类之异名与异类之同名，其音与义往往相关。同类之异名，其关系尤显于奇名。如《释草》："苹，荓[1]。其大者蘋。""苕，陵苕。黄华，蔈；白华，茇。""蒹，薕。葭，芦。菼，薍。""蔈、荂，荼。猋、藨，芀。"《释虫》："食苗心，螟。""食根，蟊。"《释鱼》："鲣，大鲖，小者鲵。"《释鸟》："鸟鼠同穴，其鸟为鵌，其鼠为鼵。""苹"与"蘋"，"蔈"与"茇"，"薕"与"芦""薍"，"螟"与"蟊"，"鲖"与"鲵"，"鵌"与"鼵"，皆一声之转。此不独生物之名然也。《释宫》"樴……大者谓之栱，长者谓之阁"。"栱""阁"一声之转也。"庙中路谓之唐，堂途谓之陈。""唐""途""陈"，皆一声之转也。"二达谓之歧旁，三达谓之剧旁，四达谓之衢……八达谓之崇期，九达谓

① 荓，《尔雅》原文作"萍"。

之逵。”“歧”“剧”“衢”“期”“逵”，皆一声之转也。《释器》：“舆，革前谓之䩬，后谓之第；竹前谓之御，后谓之蔽。”“䩬”与“御”，“第”与“蔽”，皆一声之转也。《释天》：“天气下，地不应，曰雺。地气发，天不应，曰雾。雾谓之晦。”“雺”“雾”“晦”，亦一声之转也。《释丘》之“重厓，岸”，《释山》之“重甗，隒”，“厓”“岸”“甗”“隒”，四者皆一声之转也。又如《释山》之“多大石，磝。多小石，岩”[①]，《释水》之“川[②]注溪曰谷，注谷曰沟，注沟曰浍”“大波为澜，小波为沦”。“磝”“岩”，“谷”“沟”“浍”，“澜”“沦”，亦皆一声之转。其余仿此。盖其流期于有别，而其源不妨相通，为文字变化之通例矣。异类之同名，其关系尤显于偶名。如《释草》：“果臝之实，栝楼。”《释虫》：“果臝[③]，蒲卢。”案：“果臝”“果臝”者，圆而下垂之意，即《易·杂卦传》之“果蓏”。凡在树之果与在地之蓏，其实无不圆而垂者。故物之圆而下垂者，皆以“果蓏”名之。“栝楼”亦“果臝”之转语。蜂之细腰者，其腹亦下垂如果蓏，故谓之“果臝”矣。又《释草》：“莢，藒蘴。”案：藒蘴，长意。郭璞说“藒蘴”云：“其叶似蒲而细”，是长叶之

---

① 《尔雅·释山》作：“多小石，磝。多大石，岩。”

② 《释水》此处无“川”字。

③ 果臝，《尔雅·释虫》作“果臝”，阮元《十三经校刊记》以为“臝”为正字，“臝”为俗字。

草。又《释天》之“蝃蝀”，其字从虫，本是虫名。沈方伯说以《庄子》“蝍蛆甘带”之“带”，虹形如带，故以“蝃蝀”名之。是“蝃蝀”“蕫蓳”，亦语之转矣。又《释草》：“葖，芦萉。”《释虫》：“蜚，蠦蜰。”案：“芦萉”“蠦蜰”乃“苻娄”“蒲卢”之倒语，亦圆意也。芦萉根大而圆，蜚形亦椭圆如芦萉，故谓之“蠦蜰”。后世谓之“负盘”，亦以此矣。又《释草》：“薢茩”“英茪”“攗[①]攈”，皆有圭角之意。“薢茩”，郭注以“决明[②]”释之。决明，秋生，子作角，而蔆亦有角，故得“英茪”“攗攈”之名。“蔆”之一名“薢茩”，亦以此矣。又《草》之“蓧，蓨”“苗，蓨”，《木》之“柚，条”。“蓧”“蓨”“苗”“柚”“条”，皆有抽达、攸长之意，故得此名。又《释草》：“蕲茝，蘼芜。”“绵马，羊齿。”《释木》：“木髦，柔英。”《释虫》：“蠓，蠛蠓。”案：“蘼芜”“绵马”以下皆有小意。郭注云：“蘼芜，叶小如萎状。”[③]又云：“绵马，草细，叶罗生而毛，有似羊齿。”是二者皆小草。草之小者曰“蘼芜”、曰“绵马”，木之柔者曰“木髦”，虫之小者曰“蠛蠓”，鸟之小者亦曰“绵蛮”。（毛《传》：“绵蛮，小鸟貌。”）殆皆“微”字之音转。《释天》：“小雨谓之‘霡霂’。”亦同语之转也。又《释草》：“莞，苻离。”《释木》：“瘣木，苻娄。”

① 攗，《尔雅·释草》作“蕨”。
② 决明，郭注作“英明”。
③ 郭注无“蘼芜”二字。

《释虫》:“果蠃,蒲卢。”《释木》[1]:“蚹蠃,螔蝓。”案:“苻离”“苻娄”“蒲卢”“蚹蠃”,皆有魁瘣拥肿之意。又物之突出者,其形常圆,故又有圆意。莞之名“苻离”,以其首有台也。瘣木之名“苻娄”,以其无枝而拥肿也。又蒲卢之腹与蚹蠃之甲,皆有魁垒之意。故四者同名。《释诂》:“毗刘,暴乐也。”“毗刘”“暴乐”,皆“苻娄”之转语,其义亦由是引申矣。又《释草》“蓫薚,马尾”,《释虫》“王,蛈蝪”,案:“蓫薚”“蛈蝪”皆有值当之意。《说文》:“荡,艸。枝枝相值,叶叶相当。”昆虫之足亦无不相当者,故均得此名矣。又《释草》:“其萌虇蔷[2]。”《释虫》:“蠸舆父,守瓜。”《释诂》:“权舆,始也。”案:“权”及“权舆”皆本黄色之名。《释草》:“权,黄华。”《释木》:“权,黄英。”其证也。《虫》之“蠸舆父”注以为“瓜中黄甲小虫”。是凡色黄者,谓之“权”,长言之则为“权舆”矣。余疑“权”即“黇”之初字。《说文》:“黇,黄黑色也。”《广雅》:“黇,黄也。”今验草木之萌芽,无不黄黑者,故蒹葭之萌谓之“虇蔷”。引申之则为凡草木之始,《逸周书·文酌解》“一干胜权舆”、《大戴礼·诰志篇》“百草权舆”是也。又引申为凡物之始,《诗·秦风》“不承权舆”、《逸周书·日月解》“日月权舆”是也。“始”之义行,而“黄”之义废矣。又《释草》:

---

① “释木”当为“释鱼”。

② 虇蔷,《尔雅·释草》作“虇蕍”。

“蔠葵，蘩露。”“中馗，菌。”案：“蔠葵”“中馗”，皆“椎”之音变。《考工记·玉人》注：“齐人谓椎曰‘终葵’。”蔠葵大茎小叶，菌端有盖，皆与《玉人》之“大圭，杼上终葵首”相似，故皆得此名。又《释草》：“菟奚，颗涷。”《释鱼》：“科斗，活东。”案：“颗涷”“科斗”“活东”，（“活”读如“括”），皆有活动、圆转之意。如唐宋人言“筋斗”，今言“跟兜”矣。又《释木》：“诸虑，山櫐。”《释虫》：“诸虑，奚相。”“诸虑”犹言“支离”。《庄子·养生主》[1]云：“支离疏者，颐隐于齐[2]，肩高于顶。”“支离疏”三字即“诸虑”之长言矣。又《释虫》：“蛸衙，入耳。”《释鱼》：“蚹蠃，螔蝓。”《释鸟》：“鼯鼠，夷由。”案：“蛸衙”“螔蝓”“夷由”，皆缓行之意。《楚辞·湘君》：“君不行兮夷犹。”王逸注：“夷犹，犹豫也。”蛸衙、蚹蠃，其行皆缓，鼯鼠五技而穷，故皆得此名矣。又《释虫》：“蒺藜，蝍蛆。”“次蟗，蜘蛛。”《释鱼》：“鼁鱦，蟾诸。”案：“蝍蛆”“次蟗”“蜘蛛”“鼁鱦”“蟾诸”，亦皆缓行之意，即《易》“其行次且”之转语。蝍蛆多足，次蟗、鼁鱦皆硕腹而行缓，故得此名。又《释虫》：“蟋蟀，蛬。”“蜇螽，蜙蝑。”“蟏蛸，长踦。”案：“蟋蟀”“蜙蝑”“蟏蛸”，皆细长之意，皆以虫足名之。《上林赋》：“纷溶萷蔘”，“萷蔘”亦此语之转，则谓草木之细长矣。又《释

① “养生主”当作“人间世”。

② 颐隐于齐，《庄子·人世间》作“颐隐于脐”。

虫》:“螒，天鸡。”《释鸟》:“鶾，天鸡。”案:“螒”“鶾”即《易》“翰音登于天”之“翰”，谓其鸣长也。翰音之物，以鸡为最著，故又谓之“天鸡”矣。其余如《草》有“莪，萝”,《虫》有“蛾，螺”[①];《草》有“茏，天蘥”,《鸟》有“鷚，天鸙”;《草》有“菋，荎藸”,《木》有“味，荎著”,《草》有“菺，麋舌”,《鸟》有“鸧，麋鸹”;《木》[②]有“密肌，继英”,《鸟》有“密肌，系英”。今虽不能言其同名之故，要其相关，必自有说。虽其流期于相别，而其源不妨相同。古人正名百物之意，于此亦略可睹矣。

---

① 螺,《尔雅·释虫》作“罗”。

② “木”当为“虫”之误。

《尔雅草木虫鱼鸟兽释例》自序

甲寅岁莫，国维侨居日本，为上虞罗叔言参事作《殷虚书契考释后序》，略述三百年来小学盛衰。嘉兴沈子培方伯见之，以为可与言古音韵之学也。然国维实未尝从事于此，惟往读昔贤书，颇怪自来讲古音者，详于叠韵而忽于双声。夫三十六字母乃唐宋间之字母，不足以律古音，犹二百六部乃隋唐间之韵，不可以律古韵。乃近世言古韵者十数家，而言古字母者，除嘉定钱氏论古无轻唇、舌上二音，及番禺陈氏考定《广韵》四十字母，此外无闻焉。因思由陆氏《释文》，上溯诸徐邈、李轨、吕忱、孙炎，以求魏晋间之字母。更溯诸汉人“读为”“读若”之字与经典异文，以求两汉之字母。更溯诸经传之转注、假借与篆文、古文之形声。以为如此，则三代之字母虽不可确知，庶可得而拟议也。然后，类古字之同声同义者以为一书。古音之学至此乃始完具。乙卯春，归国展墓，谒方伯于上海，以此愿质之，方伯莞然曰：“君为学乃善自命题，何不多命数题，为我辈遣日之资乎？”因相与大笑。维又请业曰：“近儒皆言古韵明，而后诂训明。然古人假借、转注多取双声，段、王诸君自定古韵部目。然其言诂训也，亦往往舍其所谓韵，而用双声，其以叠韵说诂训者，往往扞格不得通。然则与其谓古韵明，而后诂训明，毋宁谓古双声明，而后诂训明欤？”方伯曰：“岂直如君言，古人转注、假借，虽谓之全用双声可也。君不读刘成国《释名》乎，每字必以其双声诂之，其非双声者，大抵讹字也。”国维因举“天、显也”三字以质之。方伯曰：“显与溼（济漯之漯）具从㬎声，溼读他合反，则显亦当读舌音，故成国云‘以舌腹言之’。”维大惊，且自喜亿之偶中也。是夏，仍赴日本，稍就陆氏《释文》，以反切之弟一字部分诸字，及五、六卷而中辍。丙辰春，复来上海，所居距方伯寓所颇近，暇辄诣方伯谈。一日，方伯语维曰：“栖霞郝氏《尔雅义疏》于《诂》《言》《训》三篇，皆以声音通之，善矣。然《草》《木》《虫》《鱼》《鸟》《兽》诸篇，以声为义者甚多。昔人于此似未能观其会通，君盍为部居条理之乎？”又曰：“文字有字原，有音原。字原之学，由许氏《说文》以上，溯诸殷周古文止矣，自是以上，我辈不获见也。音原之学，自汉魏以溯诸群经《尔雅》止矣，自是以上，我辈尤不能知也。明乎此，则知文字之孰为本义，孰为引申、假借之义。盖难言之，即以《尔雅》‘权舆’二字言，《释诂》之‘权舆，始也’，

《释草》之‘其萌、虇蔺[1]’,《释虫》之‘蠸舆父，守瓜’，三实一名。又《释草》之‘权、黄华’,《释木》之‘权、黄英’，亦与此相关，故谓‘权舆’为‘虇蔺’之引申可也，谓‘虇蔺’‘蠸舆’用‘权舆’之义以名之可也；谓此五者同出于一，不可知之音原而皆非其本义，亦无不可也。要之，欲得其本义，非综合后起诸义不可。而亦有可得，有不可得，此事之无可如何者也。”国维感是言，乃思为《尔雅》声类，以观其义之通。然部分之法辄不得其衷，盖但以喉、舌、牙、齿、唇五音分之，则合于《尔雅》之义例。而同义之字，声音之关系苦不甚显；若以字母分之，则声音之关系显矣。然古之字母与某字之属何母，非由魏晋六朝之反切，以上溯汉人“读为”“读若”之字及诸经传异文与篆文、古文之形声，无由得之。即令假定古音为若干母，或即用休宁戴氏古二十字母之说，以部居《尔雅》，则又破《尔雅》之义例。盖古字之假借、转注，恒出入于同音诸母中，又疑泥、来、日、明诸母字，亦互相出入。若此者，《尔雅》既类而释之，今欲类之而反分之，傎[2]倒孰甚。因悟此事之不易，乃略推方伯之说，为《尔雅草木虫鱼鸟兽释例》一篇。既名《释例》，遂并其例之无关声音者，亦并释之。虽未必得方伯之意，然方伯老且多疾，未可强以著书。虽以国维犬马之齿，弱于方伯者且三十寒暑。然曩者研求古字

① 虇蔺,《尔雅·释草》作“虇蕍”。
② 傎，古同“颠”。

母之志，任重道远，间以人事，亦未敢期以必偿。而方伯音学上之绝识与国维一得之见之偶合，于方伯者，乃三百年来小学极盛之结果。后此音韵学之进步，必由此道。此戋戋小册者，其论诚无足观，然其指不可以不记也，故书以弁其首。

丙辰仲冬，海宁王国维。

尔雅草木虫鱼鸟兽释例

物名有雅俗，有古今。《尔雅》一书，为通雅俗、古今之名而作者也。其通之也，谓之“释”，释雅以俗，释古以今。闻雅名而不知者，知其俗名，斯知雅矣；闻古名而不知者，知其今名，斯知古矣。若雅俗、古今同名，或此有而彼无者，名不足以相释，则以其形释之。草、木、虫、鱼、鸟多异名，故释以名；兽与畜罕异名，故释以形。凡雅俗、古今之语，或同实而异名，或异实而同名。雅与雅同名而异实，则别以俗：

葝，山䪤。葝，鼠尾。(《草》)

榇，木堇。(《草》)榇，梧。(《木》)

椴，木堇。(《草》)椴，柂。(《木》)

薜，山蕲。薜，白蕲。薜，庚草。薜，牡蘩。薜，山麻。(《草》)

杨，枹蓟。(《草》)杨，蒲柳。杨，彻齐枣。(《木》)

葥，王蔧。葥，山莓。

茢，鬫蓬。茢，苦堇。

蒤，虎杖。蒤，委叶。

蘩，皤蒿。蘩，由胡。蘩，菟蒵。

葴，寒浆。葴，马蓝。

搴，葥。搴，柜朐。

莞，苻离。雚，芄兰。（雚，《说文》引作“莞”。）

钩，芺。钩，瞂姑。

须，葑苁。须，薞无[①]。

薚，莸藩。薚，海藻。

苹，荓。[②]苹，籁萧。（以上均《草》）

权，黄华。（《草》）权，黄英。（《木》）

蒸葵，蘩露。中馗，菌。（《草》）

杜，土卤。（《草》）杜，甘棠。杜，赤棠。（《木》）

枹，霍首。（《草》）枹，遒木。（《木》）

旄，泽柳。旄，冬桃。（《木》）

诸虑，山櫐。（《木》）诸虑，奚相。（《虫》）

鸹，鶌鸠。鸹，乌鸔。

鹨，天鸙。雉之莫[③]子为鹨。

---

① 无，《释草》作“芜”。

② 荓，《释草》作“蓱”。

③ 莫，《释鸟》作“暮”。

燕，白脰乌。燕燕，鳦。（以上《鸟》）

俗与俗异名而同实，则同以雅：

薜，山蕲。薜，白蕲。

蘩，皤蒿。蘩，由胡。

菲，芴。菲，葸菜。

菖，蒀。菖，蘡茅。

欆，乌阶。欆，橐含。（以上《草》）

杜，甘棠。杜，赤棠。（《木》）

蝎，蛣蝠。蝎，桑蠹。（《虫》）

雅与雅异名而同实，则同以俗：

椋，木堇。椵，木堇。

杨，枹蓟。赤，枹蓟。

菻，乌蕵。泽，乌蕵。

蓧，蓨。苗，蓨。

离南，活莌。倚商，活脱。（以上《草》）

或雅与俗同名异实，则各以雅与俗之异者异之。雅与俗异名同实，则各以其同者同之：

蒚，山蒜。莞，苻离。其上蒚。

荼，苦菜。蕫、葿，荼。

蘩，菟葵。菟葵，颗冻。

茭，牛蕲。菂，茭。

簜，竹。竹，萹蓄。

瓝，瓞。瓞，九叶。

荓，马帚。苹，蓱。

蔽，蔓蒌。蘇，蔽。

唐，蒙。蒙，王女。

苕，黄华，藨。藨、荂，荼。（以上《草》）

椵，柂。椵，椵。[1]

欇，虎櫐。枫欇，欇。（以上《木》）

蚼，蚅。蚅，乌蠋。

强，蚚。蛄蟹，强蛘。（以上《虫》）

鵹黄，楚雀。仓庚，鵹黄也。（《鸟》）

凡雅俗多同名而稍变其音：

萑，蓷。粢，稷。菲，芴。蔷，蔷。薜，芙。蓧，蓧。稌，稻。苹，蓱，其大者蘋。苗，蓨。藨，麃。莿，刺。猋，藨。芛、皇[2]、华，荣。菂，茭。荄，根。（以上《草》）

髡，梱。椵，柂。栵，栭。柚，条。栩，杼。椐，樻。櫰，槐。祝，州。（以上《木》）

---

① "椵，椵"之"椵"，《释木》原作"椵"。

② 皇，《释草》原作"蒕"。

螗，蜩。强，蚚。蜺，蛹。（以上《虫》）

鳛，鳛。鲂，魾。鮤，鮇。蜌，螷[①]。（以上《鱼》）

鸤，鸠。燕燕，鳦。（以上《鸟》）

果蠃之实，栝楼。蘼菩，芙茺。蕵车，芞舆。（以上《草》）

次蟗，蜘蛛。（《虫》）

科斗，活东。鼋鼀，蟾诸。（以上《鱼》）

仓庚，商庚。（《鸟》）

右雅俗之名同音者。

蘩，皤蒿。蒤，虎杖。瘣[②]，怀羊。苨，蒎苨。莕，接余。荧，委萎。蘿，鸿荟。莘，亭历。莤，蔓于。茨，蒺藜。藿，芄兰。蕁，菧藩。荖，荠实。须，薞芜。芹，楚葵。蕨，牛蘈。芨，堇草。钩，睽姑。困，衱袶。杜，土卤。中馗，菌。苄，地黄。荞，邛钜。稂，童粱。莇，勃莇。莙，麋舌。（以上《草》）

栲，山樗。椋，即来。杞，枸檵。刘，刘杙。梨，山樆。常棣，棣。（以上《木》）

蜚，蠦蜰。蛣蜣，蜣蜋。蝎，蛣蝠。蛂，蟥蛢。蝗螽，蠜。蟠，鼠妇。[③]蠖，尺蠖。蠓，蠛蠓。（以上《虫》）

① 螷，《释鱼》作“蠯”，异体。

② 瘣，《尔雅·释草》原作“蘾”，本又作“藱”。

③ 鼠妇，《尔雅·释虫》作“鼠负”。

鳹，大鰕。(《鱼》)

鸋鴂，鹅。鹈，鹁鸪。䴉齿，艾。(以上《鸟》)

右雅俗之名有参差，而二字或二字中之一与其他名音相近者。

凡俗名多取雅之共名，而以其别别之，有别以地者则曰山：

藿，山韭。茖，山葱。葝，山䪥。蒚，山蒜。薜，山蕲。术，山蓟。葥，山莓。薜，山麻。(以上《草》)

榣，山榎。栲，山樗。诸虑，山櫐。櫔桃，山桃。梨，山樆。檿桑，山桑。(以上《木》)

鷽，山乌。(《鸟》)鸴，山鹊。[1]

曰海：

藫，海藻。(《草》)

秩秩，海雉。(《鸟》)

曰河：

柽，河柳。(《木》)

曰泽：

旄，泽柳。(《木》)

曰野：

---

① 《海宁王静安先生遗书》(商务印书馆，1940年版)中"鸴，山鹊"与上文字迹不一，当为后补。按全文体例，"(《鸟》)"当置于"山鹊"后。

白华，野菅。（《草》）

更细别之则曰桑：

蜈蛉，桑虫。蝎，桑蠹。蝝，桑茧。（以上《虫》）

曰樗、曰棘、曰栾：

雔由，樗茧、栾茧、棘茧。[①]（《虫》）

曰萧：

蚢，萧茧。（《虫》）

曰茅：

蠽，茅蜩。（《虫》）

有别以形者，形之最著者曰大小：

菥蓂，大荠。蘦，大苦。（《草》）

椴，大椒。洗，大枣。（《木》）

蚍蜉，大螘。（《虫》）

鲣，大鲖。鲃，大鳠。鳊，大鰕。鲲，小鱼。（《鱼》）

麢，大羊。麠，大麃。麔，大麢。（《兽》）

大谓之荏，亦谓之戎：

戎菽谓之荏菽。蒨，戎葵。（《草》）

① 栾茧、棘茧，《释虫》作“棘茧、栾茧”。

亦谓之王：

葥，王蔧。菉，王刍。蒙，王女。(《草》)

不蜩，王蚁。(《虫》)

蟒，王蛇。(《鱼》)

鴡鸠，王鴡。(《鸟》)

小者谓之叔：

鮥，鮛鮪。(《鱼》)

案：郭注“大者名王鮪，小者名鮛鮪”，《说文·鱼部》引《尔雅》作“叔鮪”，叔之言少也。

谓之女：

唐蒙，女萝。女萝，菟丝。(《草》)

案：《释木》有“女桑”“桋桑”，则雅俗通名，小者为女，此“女萝”见《诗》，亦雅俗同名。

谓之妇，妇谓之负：

草螽，负蠜。虰蛵，负劳。蟠，鼠负。(《虫》)

鱊鲌，鳜妇。注：妇，《尔雅·释鱼》作“鳊”。(《鱼》)

鷣，负雀。(《鸟》)

大者又谓之牛：

茭，牛蘄。莙，牛藻。蕢，牛蘈。(《草》)

终，牛棘。(《木》)

谓之马：

葴，马蓝。苿莒，马舄。(《草》)

蝒，马蜩。蜫，马蝬[①]。(《虫》)

谓之虎：

蒤，虎杖。(《草》)

檴，虎櫐。(《木》)

谓之鹿：

蔨，鹿藿。(《草》)

小者谓之羊：

遵，羊枣。(《木》)

谓之狗：

虆，狗毒。(《草》)

① 蝬，《释虫》作“蛈”，邢疏云：“俗呼马蝬。”

谓之菟：

莲，菟荄。蘩，菟蒵。黄，菟瓜。莃，菟葵。女萝，菟丝。（《草》）

谓之鼠：

莞，鼠莞。（《草》）

楰，鼠梓。（《木》）

谓之雀：

蘥，雀麦。（《草》）

有别以色者则曰皤：

蘩，皤蒿。（《草》）

曰白：

薜，白蕲。芑，白苗。（《草》）

桥，白枣。椷，白桵。榆，白枌。（《木》）

鸶，白鹭。（《鸟》）

貘，白豹。甝，白虎。貔，白狐。（《兽》）

杜，赤棠。驳，赤李。梫，赤楝。(《木》)

曰黑：

秬，黑黍。(《草》)

鮰，黑鰦。(《鱼》)

虪，黑虎。(《兽》)

曰黄：

蕻，黄蒢。

以他物譬其色则曰蔓：

蒀，蔓茅。(《草》)

曰乌：

菥，乌蓲。泽，乌蓲。欆，乌阶。(《草》)

有别以味者则曰苦：

荼，苦菜。䓘，苦堇。(《草》)

蹶泄，苦枣。槚，苦荼。(《木》)

曰甘：

杜，甘棠。(《木》)

曰酸：

樲，酸枣。(《木》)

有别以实者，则草木之有实者曰母：

苧，麻母。莔，贝母。(《草》)

其无实者曰牡：

蔚，牡蒿。薜，牡赞。蘮，牡茅。(《草》)

实而不成者曰童：

稂，童粱。(《草》)

此诸俗名之下一字，大抵即雅名也。是故雅名多别，俗名多共。雅名多奇，俗名多偶。其他偶名，皆以其物德名之。有取诸其物之形者：

垂，比叶。瓟，九叶。蒤，委叶。菔，小叶。(《草》)

辅，小木。灌木，丛木。枹，遒木。栈木，干木。(《木》)

蟏蛸，长踦。(《虫》)

鹣鹣，比翼。(《鸟》)

有取诸其物之色者：

权，黄华。(《草》)

权，黄英。(《木》)

夏扈，窃玄。秋扈，窃蓝。冬扈，窃黄。棘扈，窃丹。皇，黄鸟。仓庚，黧黄也。(《鸟》)

有取诸其物之声者：

蛗，螪螪。(《虫》)

鳲鸠，鴶鵴。行扈，唶唶。宵扈，啧啧。(《鸟》)

有取诸其物之用者：

莔，王蕼。荓，马帚。菌，蘆。(《草》)

有取诸其物之生活习惯者：

皇，守田。(《草》)

蠰，啮桑。蠸舆父，守瓜。(《虫》)

蚌，含浆。蝘蜓，守宫也。(《鱼》)

桑扈，窃脂。鹭，泽虞。鸤鹅，剖苇。鴷，斫木。(《鸟》)

有取诸他物者，或取诸生物：

菿藮，豕首。

苻，鬼目。傅，横目。

卷耳，苓耳。

荚，牛唇。

萿，麋舌。

绵马，羊齿。

葝，鼠尾。盂，狼尾。薚荡，马尾。

蘵，百足。(以上《草》)

蟫，白鱼。(《虫》)

或取诸非生物：

虉，绶。菟，雀弁。绖，履。葴，寒浆。艾，冰台。柱夫，摇车。堇，蔌葢。柊葵，蘩露。望，乘车。旴，虺床。(《草》)

蝝，蝮蜪。傅，负版。(《虫》)

鮤，鱴刀。(《鱼》)

鴡鸠，戴鵀。(《鸟》)

其余或以形状之词，其词或为双声：

痗，怀羊。荧，委萎。薜芐，芙茷。莢，蒚董。齇，鸿荟。菱，蕨攗。(从孙叔然音。)莍，茎藸。钩，睽姑。困，衱袶。荞，邛钜。繁，由胡。长楚，铫芅。搴，柜朐。(《草》)

味，荎著。狄臧槔，贡綦。(《木》)

蒺藜，蝍蛆。蜇螽，蜙蝑。次蟗，蜘蛛。蟦，蛴螬。荧火，即炤。蠓，蠛蠓。王，蛈蝪。(《虫》)

鼋䵶，蟾诸。蚹蠃，螔蝓。(《鱼》)

鳲鸠，鴶鵴。鴒，鵋鵙。鴽，鴾母。鶭，蚊母。鼯鼠，夷由。鷟，鸑鷟。鷽，舂锄。(《鸟》)

回毛在肘后，减阳；在干，茀方；在背，阕广。(《畜》)

或以叠韵：

苨，菧苨。蒚，芓荧。台，夫须。菽，蘡薁。离南，活莌。须，葑苁。蒡，隐荵。出隧，蘧蔬。藿，芄兰。荷，芙渠，其华菡萏。倚商，活脱。(《草》)

槐，櫰槐。瘣木，苻娄。枸，檟木，魁瘣。(《木》)

蛣蜣，蜣蜋。不过，蟷蠰。蠸蚓，竖蚕。莫貈，蟷蜋，蛑。果蠃，蒲卢。(《虫》)

仓庚，商庚。(《鸟》)

案：右粗举俗名之例，即雅名亦然。而雅名中双声叠韵之名，数几与俗名埒，如《草》之“蘼芑”“蔨侯”“蓫薚”“绵马”，《木》之“唐棣”，《虫》之“蟦衕”“蛣蜣”“蟋蟀”“莫貈”“蝤蛴”“伊威”“蠨蛸”，《鸟》之“鴢鸡”“鹡鸰”“蝙蝠”，《兽》之“威夷”，《畜》之“騊駼”，皆双声也。《草》之“茹藘”“果蠃”“出隧”“蒌绕”，《木》之“无姑”“诸虑”“樕朴”，《虫》之“诸虑”“蜉蝣”“蠸蚓”“虰蛵”“果蠃”“螟蛉”“鲋由”，《鱼》之“鼋䵶”，《鸟》之“鳭鷯”“仓庚”“鹳鹕”，《兽》之“蒙颂”“阙泄”，皆叠韵。盖雅俗、古今之分，不过时代之差，其间固无界限也。

又雅俗、古今之名，凡同类之异名与异类之同名，往往于其音义相关，同类之异名，其关系尤显于奇名。

苹，蓱。其大者蘋。

苕，陵苕。黄华蔈，白华茇。

蒹，薕。葭，芦。菼，薍。(以上《草》)

食苗心，螟。食根，蟊。(《虫》)

鲣，大鲖，小者鲵。(《鱼》)

鸟鼠同穴，其鸟为鵌，其鼠为鼵。(《鸟》)

案：苹与蘋、蔈与茇、薕与芦与乱、螟与蟊、鲖与鲵、鵌与鼵，皆一声之转。此不独生物之名然也。释《宫》："樴，大者谓之拱，长者谓之阁"，拱与阁一声之转也；"庙中路谓之唐，堂途谓之陈"，唐、途、陈皆一声之转也；"二达谓之岐旁，三达谓之剧旁，四达谓之衢……七达谓之剧骖，八达谓之崇期，九达谓之逵"，岐、剧、衢、期、逵一声之转也。《释器》："舆，革前谓之䡅，后谓之第。竹前谓之御，后谓之蔽"，䡅与禦、第与蔽，皆一声之转也；"黄金美者谓之镠，白金谓之镣"，镠与镣亦一声之转也。《释天》："天气下地不应曰雺，地气发天不应曰雾，雾谓之晦"，雺、雾、晦亦一声之转也。(晦本明母字，后世转入晓母，与徽、衅诸字同。)《释丘》之"重厓，岸"，《释山》之"重甗，隒"，厓、岸、甗、隒四者皆一声之转也。又如《释山》之“多大石，磝。多小石，岩”[①]，《释水》之“川[②]注溪曰谷，注谷曰沟，注沟曰浍，大波为澜，小波为沦”，磝、岩、谷、沟、浍、澜、沦，亦皆一声之转。余仿此。盖其流期于有别，而其源不妨相同，为文字变化之通例矣。

异类之同名者，其关系尤显于偶名。

果臝之实，栝楼。(《草》)果臝，蒲卢。(《虫》)

案：果臝、果臝者，圆而下垂之意。凡在树之果与在地之蓏，其实无不圆而垂者，故物之圆而下垂者，皆以果蓏名之。“栝楼”即“果臝”之转语。蜂之细腰者，其腹亦下垂如果蓏，故谓之“果臝”矣。

荚，薡蕫。(《草》)螮蝀，虹也。(《释天》)

案：“薡蕫”与“螮蝀”皆有长意。郭注“荚，薡蕫”云：“其叶似蒲而细”，是薡蕫者，长叶之草。《释天》之“螮蝀”，其字从虫，自是虫名。沈方伯说以《庄子》“蝍蛆甘带”之“带”，虹形如带，故以“螮蝀”名之。“螮蝀”“薡蕫”，亦语之转也。

葖，芦萉。(《草》)蜚，蛖蠜。(《虫》)

案：“芦萉”“蛖蠜”乃“苻娄”“蒲芦”之倒语，亦圆意

① 《释山》作：“多小石，磝。多大石，岩”。

② 《释水》此处无“川”字。

也。（苻娄、蒲芦皆圆意。说见后。）芦葩根大而圆，蜚形亦椭圆如芦葩，故谓之“蚼蜰”。后世谓之“负盘”，亦以此矣。

莪，萝。（《草》）蛾，螺[1]。（《虫》）

案：未详。

薢茩，英光[2]。菱，蕨攈。（《草》）

案：“薢茩”“英茪”“蕨攈”，皆有圭角之意。“薢茩”“英茪”，郭注以“决[3]明”释之。案：决明子，夏花，秋生子作角，而菱亦有角，故得“英光”“蕨攈”之名，菱之一名“薢茩”，亦以此矣。

蓧，蓨。苗，蓨。（《草》）柚，条。（《木》）

案：蓧、蓨、苗、柚、条，皆有抽达之意。

莜，蚍衃。（《草》）蚍蜉，大螘。（《虫》）

案：螘之大者，色紫黑。莜之花亦紫，故以“蚍衃”名之。

离南，活莌。倚商，活脱。（《草》）

案：“离南”“倚商”，昔人谓为一物，然无确证。“活脱”之义亦未详。

蕲茝，蘪芜。绵马，羊齿。（《草》）木髦，柔英。（《木》）蠓，蠛蠓。（《虫》）鲲，小鱼。（《鱼》）小雨谓之霡霂。（《释天》）

---

① 螺，《尔雅》作“罗”。

② 英光，《释草》作“英茪”，下段案语同。

③ 决，郭注作“英”。

案：“虃芄”“绵马”等皆有小意。郭注云：“虃芄[①]，叶小如蒌状。”又云：“绵马，草细叶罗生而毛，有似羊齿。”是二者皆小草，草之小者曰“虃芄”、曰“绵马”，木之柔者曰“木髦”，虫之小者曰“蠛蠓”，鱼之小者曰“鲵”，鸟之小者亦曰“绵蛮”。（毛《传》“绵蛮，小鸟貌”。）皆“微”字之音转。《释天》“小雨谓之霢霂”，亦同语之转也。

茏，天蘥。（《草》）鷚，天鸙。（《鸟》）

案：未详。

茨，蒺藜。（《草》）蒺藜，蝍蛆。（《虫》）

案：蒺藜布地蔓生而多刺，蝍蛆多足，故谓之“蒺藜”矣。

莞，苻离。（《草》）瘣木，苻娄。（《木》）果蠃，蒲卢。（《虫》）蚹蠃，螔蝓。（《鱼》）

案：“苻离”“苻娄”“蒲卢”“蚹蠃”，皆有魁瘣、拥肿之意。又物之突出者，其形常圆，故又有圆意。莞之名“苻离”，以其首有台也；瘣木之名“苻娄”，以其无枝而拥肿也；蒲卢之腹与蚹蠃之壳亦皆有魁垒之意，故四者同名。《释诂》“毗刘，暴乐也”，“毗刘”“暴乐”皆“苻娄”之音转，其义亦由是引申矣。

蒤荡，马尾。（《草》）王，蛈蝪。（《虫》）

---

① 郭注原无“虃芄”二字。

案："蓫薚""蚨蝪"皆有值当之意。《说文》："蒻，艸枝枝相值，叶叶相当。"昆虫之足亦无不相当者，故均得此名矣。

权，黄华。(《草》)权，黄英。(《木》)

其萌，虇薕。(《草》)蠸舆父，守瓜。(《虫》)权舆，始也。(《释诂》)

案："权"及"权舆"皆黄色之意，"黄华""黄英"雅有明文。《虫》之"蠸舆父"，注以为"瓜中黄甲小虫"。是凡色黄者谓之"权"，长言之则为"权舆"矣。余疑"权"即"黇"之初字，《说文》："黇，黄黑色也。"《广雅》："黇，黄也。"今验草木之萌芽，无不黄黑者。故蒹葭之萌谓之"虇蔛"[1]，引申之则为凡草木之始。《逸周书·文酌解》"一干胜权舆"、《大戴礼记·诰志篇》"百草权舆"是也。又引申为凡物之始，《诗·秦风》"不承权舆"，《逸周书·日月解》"日月权舆"是也。"始"之义行，而"黄"之义废矣。

菸葵，蘩露。中馗，菌。(《草》)

案："菸葵""中馗"，皆"椎"之音变。(《考工记·玉人》注："齐人谓椎曰终葵。")菸葵大茎小叶，菌之端有盖，皆与《考工记·玉人》之"大圭杼上终葵首"相似，故名。

蒢，茎猪。(《草》)味，茎著。(《木》)

---

① 蔛，《尔雅·释草》作"薕"。

案： 未详。

菟奚，颗涷。（《草》）科斗，活东。（《鱼》）

案：“颗涷”“科斗”“活东”（“活”读如“括”）。皆谓活动圆转，如宋时言“筋斗”，今言“跟兜”矣。

菧，麋舌。（《草》）鸧，麋鸹。（《鸟》）

案： 未详。

诸虑，山櫐。（《木》）诸虑，奚相。（《虫》）

案：“诸虑”疑支离之意。《庄子·养生主》[①] 云：“支离疏者，颐隐于齐[②]，肩高于顶”云云，“支离疏”三字，即“诸虑”之长言矣。

“蟦衕”，入耳。（《虫》）蚹蠃，螔蝓。（《鱼》）鼯鼠，夷由。（《鸟》）

案：“蟦衕”“螔蝓”“夷由”，皆行缓之意。《楚辞》“君不行兮夷犹”，王逸注：“夷犹，犹豫也”。蟦衕、蚹蠃其行皆缓，鼯鼠五技而穷，故皆得此名矣。

蒺藜，蝍蛆。次蟗，蜘蛛。（《虫》）鼁醜，蟾诸。（《鱼》）

案：“蝍蛆”“次蟗”“蜘蛛”“鼁醜”“蟾诸”，亦皆缓行之意，即《易》“其行次且”之转语。蝍蛆多足，次蟗、鼁醜皆硕腹而行缓，故得此名。

蟋蟀，蛬。蜇螽，蜙蝑。蠨蛸，长踦。（《虫》）

---

① “养生主”当作“人间世”。

② 齐，《人间世》作“脐”。

案：“蟋蟀”“蜙蝑”“蟰蛸”者，细长之意，皆以虫足名之。《上林赋》“纷溶箾蔘”，“箾蔘”亦此语之转，则谓草木之细长矣。

螒，天鸡。(《虫》) 鶾，天鸡。(《鸟》)

案：“螒”“鶾”，即《易》“翰音登于天”之“翰”，谓其鸣声长也，翰音之物以鸡为最著，故又谓之天鸡矣。

密肌，继英。(《虫》) 密肌，系英。(《鸟》)

案：未详。

又名之上或加以冠字。

龟，前弇诸果，后弇诸猎。(《鱼》) 鸬，诸雉。(《鸟》)

不蜩，王蚁。不过，蟷蠰。(《虫》) 龟，左倪不类，右倪不若。(《鱼》)

夷上洒下，不漘。(《释丘》)

名之下或承以且字。

不蜩，王蚁。蠸舆父，守瓜。(《虫》)

麐父，麕足。貜父，善顾。(《兽》)

此雅俗物名之大例也。

汉时古文本诸经传考

一、《周易》

（一）中古文本 《汉书·艺文志》："刘向以中古文《易经》校施、孟、梁丘经，或脱去'无咎''悔亡'，惟费氏经与古文同。"案：《七略》但云："《易经》十二篇，施、孟、梁丘三家。"而古文经与费、高二家经均未著录。然刘子政用以校四家经，则汉中祕有古文《易》审矣。《易》为卜筮之书，秦时未焚，其有古文本，亦固其所。

（二）费氏本 《后汉书·儒林传》："东莱费直传《易》，授琅邪王横，为费氏学。本以古字，号古文《易》。"然《汉书》无此语，或后人因刘向校费氏经与古文经同，遂传会为是说与？

二、《尚书》

（一）伏氏本 《史记·儒林传》:“秦时焚书，伏生壁藏之。其后兵大起，流亡。汉定，伏生求其书，亡数十篇，独得二十九篇。即以教于齐、鲁之间。”是伏生所藏，为秦未焚书以前写本，当是古文。其传授弟子，则转写为今文。壁藏之本，当时已视为筌蹄，不复珍惜。当欧阳、大小夏侯之世，盖已不复有原本矣。

（二）孔壁本 《汉书·艺文志》:“《尚书古文经》四十六卷，为五十七篇。”又云:“古文《尚书》出孔子壁中。”“孔安国者，孔子后也，悉得其书，以考二十九篇，得多十六篇。安国献之。遭巫蛊事，未立于学官。刘向以中古文校欧阳、大小夏侯三家经文，《酒诰》脱简一，《召诰》脱简二。率简二十五字者，脱亦二十五字。简二十二字者，脱亦二十二字。文字异者七百有余，脱字数十。”建武之际，亡《武成》一篇，其余篇迄后汉末尚在祕府。

（三）河间本 《汉书·景十三王传》:“河间献王所得书，皆古文先秦旧书，《周官》《尚书》《礼》《礼记》《孟子》《老子》之属。”

三、《毛诗》

《汉书·艺文志》:“《毛诗》二十九卷。”不言其为古文。

《河间献王传》列举其所得古文旧书，亦无《毛诗》。至后汉始以《毛诗》与古文《尚书》《春秋左氏传》并称。其所以并称者，当以三者同为未列学官之学，非以其同为古文也。惟卢子干言“古文科斗，近于为实”而下，列举《毛诗》《左传》《周礼》三目。盖因《周礼》《左传》而牵连及之。其实《毛诗》当小毛公、贯长卿之时，已不复有古文本矣。

四、《礼经》

（一）淹中本 《汉书·艺文志》:“《礼古经》五十六卷。”又云:“《礼古经》者，出于鲁淹中及孔氏，学七十篇文相似，多三十九篇。”刘氏敞曰:“‘学七十篇’当作‘与十七篇文相似’。五十六卷除十七，正多三十九也。”

（二）孔壁本 《汉书·艺文志》:“鲁恭王坏孔子宅，欲以广其宫，而得古文《尚书》及《礼记》《论语》《孝经》凡数十篇，皆古字也。”又云:“《礼古经》者，出于鲁淹中及孔氏。”《说文叙》:“鲁恭王坏孔子宅，而得《礼记》《尚书》《春秋》《论语》《孝经》。”是孔壁中亦有《礼经》。或谓之“《礼记》”者，“《礼》”谓本经，“《记》”谓附经之记也。今十七篇之《记》，郑注亦多云“古文某为某”、或云“今文某为某”，是古文本兼有经、记，与今本同。而记之附经，自先秦已然矣。又《艺文志》所纪孔壁诸经，都篇数与其分篇数不合。既云孔壁古文“凡数十篇”，然其分篇数，则《尚书》五十七篇，《春秋》十二篇，《论语》二十一篇，《孝经》一篇，已九十一篇。若加《礼经》五十六篇，当得百四十余篇。盖“数十篇”上夺一“百”字，或孔壁所得《礼古经》不过数篇，不及淹中之多与？

（三）河间本 《汉书·景十三王》传：“河间献王所得书皆古文先秦旧书，《周官》《尚书》《礼》《礼记》《孟子》《老子》之属。”

五、《礼记》

《汉书·景十三王》传：“河间献王所得书皆古文先秦旧书，《周官》《尚书》《礼》《礼记》《孟子》《老子》之属。”案：《汉志》及《说文叙》皆云孔壁中有《礼记》，乃谓《礼古经》五十六卷。此既言《礼》，复言《礼记》，《礼》盖谓《礼经》，《礼记》盖谓《汉志》礼家“《记》百三十篇”之属。《隋书·经籍志》云：“刘向考校经籍，得《记》百三十篇、《明堂阴阳记》三十三篇、《孔子三朝记》七篇、《王史氏》二十一篇、《乐记》二十三篇，凡五种，合二百十四篇。”《经典释文·叙录》引刘向《别录》云：“古文《记》二百十四篇。”数正相合。则献王所得《礼记》，盖即《别录》之古文《记》。是大、小戴《记》本出古文。《史记》以《五帝德》《帝系姓》《孔氏弟子籍》为古文，亦其一证也。但邦本不出孔氏，而出于河间，后经大、小戴二氏而为今文家之学，后世遂鲜有知其本为古文者矣。

六、《周官》

《景十三王传》举河间献王所得“古文旧书”有《周官》。而《汉志》著录“《周官经》六篇”，不冠以“古文”者，凡《汉志》言“古文”，皆以与今学相别。言“《尚书古文经》”者，以别于欧阳、大小夏侯三家之二十九卷若三十二卷；言“《礼古经》”者，以别于后氏之十七篇；言“《春秋古经》”者，以别于公、穀二家之十一卷；言“《论语》古”者，以别于齐、鲁二家；言“《孝经古孔氏》”者，以别于长孙氏、江氏、后氏、翼氏四家。《周官经》无今学，自毋庸冠以“古文”二字。然其原本之为古文审矣。后汉以降诸儒所见，大抵传写隶定之本。郑注《礼经》云“古文某为某”，其注《周官》则但云“故书某为某”。此一因《礼经》有今、古文二本，而《周官》无今文，故不得称“古文”；一则因所见《周官》旧本已非古文，故变而称“故书”也。

七、《春秋经》

《汉书·艺文志》：“《春秋古经》十二篇。”不言其所从得之处。《说文·序》则系之孔子壁中书。《周礼·小宗伯》注：“郑司农云‘立’读为‘位’。古者‘立’‘位’同字。古文《春秋经》‘公即位’为‘公即立’。”是其本至后汉尚存矣。

八、《春秋左氏传》

《论衡·案书篇》:“《春秋左氏传》者，盖出孔子壁中。孝武皇帝时，鲁共王坏孔子教授堂以为宫，得佚《春秋》三十篇,《左氏传》也。”然《说文·序》则云:“北平侯张苍献《春秋左氏传》。”而叙孔壁中书但有《春秋经》，无《左氏传》,《汉志》亦然。疑王仲任所云“出孔壁中”者，涉《春秋经》而误也。《汉志》所著录者，即古文本。《刘歆传》“歆校祕书，见古文《春秋左氏传》，大好之”，是也。服虔注《襄二十五年传》云:“古文篆书一简八字。”盖子慎之时，其原本或传写古文之本，犹有存焉者矣。

九、《论语》

《汉书·艺文志》:“《论语》古二十一篇。出孔氏壁中，两《子张》。”其本亦至后汉尚存。故《说文解字》中颇引其字。

十、《孝经》

《汉书·艺文志》:“《孝经古孔氏》一篇，二十二章。”又云:“(《孝经》)诸家说不安处，古文字读皆异。”许冲《上说文解字表》云:“古文《孝经》者，昭帝时鲁国三老所献。建武时，给事中议郎卫宏所校。”是其本亦至后汉尚存。

以上十种，十有五本。其存于后汉者，惟孔子壁中书及《左氏传》。故后汉以后“古文”之名遂为壁中书所专有矣。

《诗·齐风》“岂弟”释义

《诗·齐风》“岂弟”笺:“此‘岂弟’犹言发夕也。岂,读当为‘闿’。古文《尚书》以‘弟’为‘圛’。圛,明也。”案:《书·洪范》“曰驿”,《史记·宋微子世家》用今文作“曰涕”,古文作“曰圛”,此郑君所本也。此“岂弟”,疑三家《诗》有作“圛”者,司马相如《封禅文》“昆虫闿泽,回首面内”,实用其语。故郑引今文《尚书》“曰涕”,古文作“曰圛”以说之,证“弟”之得为“圛”也。不然,司马长卿生郑君前,何由用郑君之说哉?

据赵万里《王静安先生年谱》,此文作于一九二〇年。原载《观堂别集》卷一。

书《毛诗故训传》后

《后汉书·儒林传》云:“赵人毛苌传《诗》，是为《毛诗》。”《隋书·经籍志》亦云:“《毛诗》二十卷，河间太守毛苌传。”惟郑氏《诗谱》云:“鲁人大毛公为《训诂传》于其家，河间献王得而献之，以小毛公为博士。”陆玑《毛诗草木虫鱼鸟兽疏》亦云:“《毛诗》，荀卿授鲁国毛亨，毛亨作《诂训传》以授赵国毛苌。”则以《故训传》为毛亨作。余谓二说皆是也。盖《故训》者，大毛公所作，而《传》则小毛公所增益也。汉初《诗》家“故”与“传”皆别行。《汉书·艺文志》诗:“《鲁故》二十五卷。《鲁说》二十八卷。《齐后氏故》二十卷。《齐孙氏故》二十七卷。《齐后氏传》三十九卷。《齐孙氏传》二十八卷。《韩故》三十六卷。《韩内传》四卷。《韩外传》六卷。”故与传皆各自为书，《毛诗》独合故训、传为一书。然故训与传固不必为一人所作，例以齐、鲁、韩三家之学，固可知也。然则何以知传为小毛公作也？曰:《毛诗》

故训多本《尔雅》，而《传》之专言典制义理者，则多用《周官》。《周官》一书得于河间，不独汉初齐、鲁诸儒皆未之见，即周、秦人著书，亦未有征引一二者。大毛公，鲁人，又亲受《诗》于荀子，是生于周、秦之间，何缘得见《周官》而引之？今案：毛《传》之用《周官》者，如《召南·行露》传曰："昏礼纯帛不过五两。"《摽有梅》传曰："三十之男，二十之女，礼未备，则不待礼会而行之者，所以蕃育人民也。"前传直用《地官·媒氏》职文，后传则用《媒氏》职义也。《鄘风·定之方中》传曰："度日出日入，以知东西，南视定，北准极，以正南北"，《大雅·笃公刘》[①]传曰："考于日景，参之高冈"，则用《考工记·匠氏》义也。《鄘风·干旄》传曰："鸟隼曰旟"，又曰："析羽为旌"；《小雅·出车》传曰："龟蛇曰旐"，又曰："鸟隼曰旟"；《六月》传曰："日月为常"；《大雅·桑柔》传曰："鸟隼曰旟，龟蛇曰旐"；《韩奕》传曰："交龙为旂"。则《春官·司常》职文也。《王风·大车》传曰："天子大夫四命，其出封五命，如子男之服，服毳冕以决讼"，《唐风·无衣》传曰："侯伯之礼七命，冕服七章"，又曰："天子之卿六命，车旂衣服，以六为节。"则《春官·典命》及《司服》职文也。《秦风·车粼》[②]传曰："寺人，内小臣也。"内小臣者，《天官》之属也。《驷驖》传曰："冬献狼，

① 此诗诗名《毛诗》作"《公刘》"。

② 粼，《毛诗》作"邻"。

夏献麋，秋冬献鹿豕群兽。”则《天官·兽人》职文也。《终南》传曰：“黑与青谓之黻，五色备谓之绣”，《小雅·采菽》传曰：“白与黑谓之黼”，则《考工记·画缋》之事也。《无衣》传曰：“戈长六尺六寸，矛长二丈”，亦《考工记》义也。《豳风·七月》传曰：“大兽公之，小兽私之”，则《夏官·大司马》职文也。《小雅·常棣》传曰：“王与亲戚燕则尚毛”，亦《秋官·司仪》职义也。《天保》传曰：“春曰祠，夏曰禴，秋曰尝，冬曰蒸”，则《春官·大宗伯》职义也。《正月》传曰：“古者有罪不入于刑，则役之圜土以为臣仆”，则《地官·司救》《秋官·司圜》义也。《大雅·绵》传曰：“鼛，大鼓，长一丈二尺”，则《考工记·韗人》义也。《生民》传曰：“尝之日，涖卜来岁之芟；獮之日，涖卜来岁之戒；社之日，涖卜来岁之稼”，则《春官·肆师》职文也。《行苇》传曰：“天子之弓合九而成规”，则《夏官·司弓矢》《考工记·弓人》职文也。《云汉》传曰：“国有凶荒，则索鬼神而祭之”，则《地官·大司徒》职文也。《鲁颂·駉》传曰：“诸侯六闲，马四种，有良马，有田马，有戎马，有驽马”，则《夏官·校人》及《马质》职文也。凡出《周官》者二十七条，盖小毛公为河间献王博士，得见《周官》，因取以传《诗》，附诸《故训》之后。虽《诗序》之中，亦有为小毛公增益者，如《周南·关雎》序说“诗有六义”，语本《春官·太师》；《卫风·有狐》序云：“古者国有凶荒，则杀礼而多昏”，语本《地官·大司徒》;《王风·大车》序云:“男女之讼”,亦本《地官·媒氏》;《齐风·东方未明》序云:“挈壶氏不能举[①]其职”,本《夏官·挈壶氏》;《南山》序“鸟兽之行”,本《夏官·大司马》。盖均非大毛公本文。先汉人书惟刘向所次《乐记》有《窦公》一篇,乃《春官·大司乐》职文;《大戴记·朝事》义取《秋官·典瑞》[②]《秋官·大行人》《小行人》《司仪》四职文;《小戴记·内则》取《天官·食医》《庖人》《内饔》三职文,《玉藻》取《春官·占人》职文,《燕义》取《夏官·诸子》职文。此外惟贾谊《新书·礼》篇云拜生民之数及谷数,与《春官·天府》《秋官·司民》说同,其余无引《周官》一事者。虽《左传》《国语》等古文之早出者,亦无一与《周官》相发明。惟《毛诗传》言典制合于《周官》者,其多如此,固足证其出于河间,而与周秦间之鲁人大毛公无与焉尔。

---

① 举,《毛序》作“掌”。

② 《秋官·典瑞》,当为《春官·典瑞》。

“肃霜”“涤场”说

《诗·豳风》:“九月肃霜，十月涤场。”传:“肃，缩也，霜降而收缩万物。涤，埽也。场，工毕入也。”案：此二句乃与“一之日觱发，二之日栗烈”同例，而不与“七月流火，九月授衣”同例。肃霜、涤场，皆互为双声，乃古之联绵字，不容分别释之。“肃霜”犹言肃爽，“涤场”犹言涤荡也。《春秋左氏传·定三年》:“有两肃爽马。”正义:“‘爽’或作‘霜’。贾逵云:‘色如霜纨’。马融说:‘肃爽，雁也，其羽如练，高首而修颈，马似之。”是肃爽，白马也。《楚辞·大招》“曼鹔鷞只”,《释文》:“鷞，一作鹴。”《说文》:“鹔鷞，西方神鸟也。东方发明，南方焦朋，西方鹔鷞，北方幽昌，中央凤皇。”西方之色白，则鹔鷞亦白鸟也。《西京杂记》司马相如取鹔鷞裘为卓文君贳酒，鹔鷞裘亦当谓白裘也。《中山经》:“沅沣之风，交潇湘之渊。”《水经·湘水注》:“潇，水清深也。《湘中记》曰:‘湘川清照五六丈下，见底石如樗蒲矢，五色鲜明，白沙如霜雪，赤崖若朝霞，是纳潇湘之名矣。”案：“潇”字《说文》本作“潚”，潚湘亦以水之清白得名矣。故马有肃爽，鸟有鹔鹴，裘有鹔鹴，水有潚湘，皆以清白得称。则《诗》之“肃霜”，亦即《大招》“天白颢颢”、《九辨》“天高气清”之意，不当如毛《传》之说也。“涤场”即涤荡，与“肃霜”俱为双声字。《礼记·郊特牲》：“臭味未成，涤荡其声。”荡亦作盪，《说文》：“盪，涤器也。”既涤荡，则必清肃、必广大，故又有广大之义。《汉郊祀歌》：“天门开，詄荡荡。”如淳曰：“‘詄’读如‘迭’。”“詄荡”即“涤荡”之转语，广大则必条达，故又转而为“条畅”，为“条鬯”。《乐记》“感条畅之气”，《白虎通》说“秬鬯”曰：“芬香条鬯以通神灵。”郑君笺《诗》注《礼》皆本之。条畅、条鬯，亦“涤荡”之转语也。广大者必卓绝，故又有卓异之义。《广雅》：“俶傥，卓异也。”司马相如《封禅文》“俶傥穷变”，《史记·太史公自序》“扶义俶傥”，《汉书·司马迁〈报任少卿书〉》“惟俶傥非常之人称焉”，其字《文选》作“倜傥”，俶傥、倜傥，亦“涤荡”之转语也。广大则有动作之余地，故又有放荡之义。《穀梁·文十一年》“兄弟三人佚宕中国”，《释文》：“佚，大结反。”《说文》：“跌，跌踼也。”江淹《恨赋》：“跌宕文史。”佚宕、跌踼、跌宕，亦皆“涤荡”之转语也。《诗》之“涤场”，则肃清之义，“九月肃霜”谓九月之气清高颢白而已。至十月，则万物摇落无余矣。与“觱发”“栗烈”由风寒而进于气寒者，遣词正同。癸亥之岁，余再来京师，离南方之卑湿，乐北土之爽垲，九十月之交，天高日晶，木叶尽脱，因会得“肃霜”“涤场”二语之妙，因为之说云。

此文原载《遗书》本《观堂集林》（二十四卷本）卷一，赵万里《王静安先生年谱》系之于一九二三年冬。

文学小言

一

昔司马迁推本汉武时学术之盛，以为利禄之途使然。余谓一切学问皆能以利禄劝，独哲学与文学不然。何则？科学之事业，皆直接、间接以厚生利用为恉，故未有与政治及社会上之兴味相刺谬者也。至一新世界观与新人生观出，则往往与政治及社会上之兴味不能兼容。若哲学家而以政治及社会之兴味为兴味，而不顾真理之如何，则又决非真正之哲学。此欧洲中世哲学之以辨护宗教为务者所以蒙极大之污辱，而叔本华所以痛斥德意志大学之哲学者也。文学亦然，餔餟的文学决非真正之文学也。

二

文学者，游戏的事业也。人之势力用于生存竞争而有余，于是发而为游戏。婉娈之儿，有父母以衣食之，以卵翼之，无所谓争存之事也，其势力无所发泄，于是作种种之游戏。逮争存之事亟，而游戏之道息矣。唯精神上之势力独优，而又不必以生事为急者，然后终身得保其游戏之性质。而成人以后，又不能以小儿之游戏为满足，于是对其自己之感情及所观察之事物而摹写之，咏叹之，以发泄所储蓄之势力。故民族文化之发达，非达一定之程度，则不能有文学。而个人之汲汲于争存者，决无文学家之资格也。

三

人亦有言，名者利之宾也。故文绣的文学之不足为真文学也，与铺啜的文学同。古代文学之所以有不朽之价值者，岂不以无名之见者存乎？至文学之名起，于是有因之以为名者，而真正文学乃复托于不重于世之文体以自见。逮此体流行之后，则又为虚车矣。故模仿之文学，是文绣的文学与铺啜的文学之记号也。

四

文学中有二原质焉，曰景，曰情。前者以描写自然及人生之事实为主，后者则吾人对此种之精神的态度也。故前者客观的，后者主观的也；前者知识的，后者感情的也。自一方面言之，则必吾人之胸中洞然无物，而后其观物也深，而其体物也切。即客观的知识，实与主观的感情为反比例。自他方面言之，则激烈之感情，亦得为直观之对象、文学之材料，而观物与其描写之也，亦有无限之快乐伴之。要之，文学者，不外知识与感情交代之结果而已。苟无锐敏之知识与深邃之感情者，不足与于文学之事。此其所以但为天才游戏之事业，而不能以他道劝者也。

五

古今之成大事业、大学问者，不可不历三种之阶级："昨夜西风凋碧树，独上高楼，望尽天涯路"，（晏同叔《蝶恋花》）此第一阶级也。"衣带渐宽终不悔，为伊消得人憔悴"，（欧阳永叔《蝶恋花》）此第二阶级也。"众里寻他千百度，回头蓦见，那人正在灯火阑珊处"，（辛幼安《青玉案》）此第三阶级也。未有不阅第一、第二阶级，而能遽跻第三阶级者。文学亦然。此有文学上之天才者所以又需莫大之修养也。

六

三代以下之诗人，无过于屈子、渊明、子美、子瞻者。此四子者，苟无文学之天才，其人格亦自足千古。故无高尚伟大之人格，而有高尚伟大之文学者，殆未之有也。

七

天才者，或数十年而一出，或数百年而一出，而又须济之以学问，帅之以德性，始能产真正之大文学。此屈子、渊明、子美、子瞻等所以旷世而不一遇也。

八

“燕燕于飞，差池其羽。”“燕燕于飞，颉之颃之。”“睍睆黄鸟，载好其音。”“昔我往矣，杨柳依依。”诗人体物之妙，侔于造化，然皆出于离人、孽子、征夫之口，故知感情真者，其观物亦真。

九

“驾彼四牡，四牡项领。我瞻四方，蹙蹙靡所骋。”以《离骚》《远游》数千言言之而不足者，独以十七字尽之，岂不诡哉！然以讥屈子之文胜，则亦非知言者也。

十

屈子感自己之感，言自己之言者也；宋玉、景差感屈子之所感，而言其所言。然亲见屈子之境遇与屈子之人格，故其所言亦殆与言自己之言无异。贾谊、刘向，其遇略与屈子同而才则逊矣。王叔师以下，但袭其貌，而无真情以济之。

此后人之所以不复为楚人之词者也。

十一

屈子之后，文学上之雄者，渊明其尤也。韦、柳之视渊明，其如贾、刘之视屈子乎！彼感他人之所感，而言他人之所言，宜其不如李、杜也。

十二

宋以后之能感自己之感，言自己之言者，其唯东坡乎！山谷可谓能言其言矣，未可谓能感所感也。遗山以下亦然。若国朝之新城，岂徒言一人之言已哉！所谓“莺偷百鸟声”者也。

十三

诗至唐中叶以后，殆为羔雁之具矣。故五季北宋之诗，（除一二大家外。）无可观者，而词则独为其全盛时代。其诗词兼擅如永叔、少游者，皆诗不如词远甚。以其写之于诗者，不若写之于词者之真也。至南宋以后，词亦为羔雁之具，而词亦替矣。（除稼轩一人外。）观此足以知文学盛衰之故矣。

十四

上之所论，皆就抒情的文学言之。（《离骚》、诗词皆是。）

至叙事的文学，（谓叙事传、史诗、戏曲等，非谓散文也。）则我国尚在幼稚之时代。元人杂剧，辞则美矣，然不知描写人格为何事。至国朝之《桃花扇》，则有人格矣，然他戏曲则殊不称是。要之，不过稍有系统之词，而并失词之性质者也。以东方古文学之国，而最高之文学无一足以与西欧匹者，此则后此文学家之责矣。

十五

抒情之诗，不待专门之诗人而后能之也。若夫叙事，则其所需之时日长，而其所取之材料富，非天才而又有暇日者不能。此诗家之数之所不可更仆数，而叙事文学家殆不能及百分之一也。

十六

《三国演义》无纯文学之资格，然其叙关壮缪之释曹操，则非大文学家不办。《水浒传》之写鲁智深，《桃花扇》之写柳敬亭、苏昆生，彼其所为固毫无意义。然以其不顾一己之利害，故犹使吾人生无限之兴味，发无限之尊敬，况于观壮缪之矫矫者乎？若此者，岂真如汗德所云，实践理性为宇宙人生之根本欤！抑与现在利己之世界相比较，而益使吾人兴无涯之感也。则选择戏曲小说之题目者，亦可以知所去取矣。

十七

吾人谓戏曲小说家为专门之诗人，非谓其以文学为职业也。以文学为职业，餔餟的文学也。职业的文学家以文学得生活，专门之文学家为文学而生活。今餔餟的文学之途盖已开矣，吾宁闻征夫思妇之声，而不屑使此等文学嚣然污吾耳也。

此文原载一九〇六年十二月《教育世界》第一三九号，后收入《海宁王静安先生遗书·静庵文集续编》。

与友人论《诗》《书》中成语书（一）

《诗》《书》为人人诵习之书，然于六艺中最难读。以弟之愚暗，于《书》所不能解者，殆十之五，于《诗》亦十之一二。此非独弟所不能解也，汉魏以来诸大师未尝不强为之说，然其说终不可通。以是知先儒亦不能解也。其难解之故有三：讹阙，一也;（此以《尚书》为甚。）古语与今语不同，二也；古人颇用成语，其成语之意义与其中单语分别之意义又不同，三也。唐宋之成语，吾得由汉魏六朝人书解之。汉魏之成语，吾得由周秦人书解之。至于《诗》《书》，则书更无古于是者。其成语之数数见者，得比校之而求其相沿之意义，否则不能赞一辞。若但合其中之单语解之，未有不龃龉者。试举一二例言之。如“不淑”一语，其本意谓“不善”也。“不善”或以性行言，或以遭际言。而“不淑”古多用为遭际不善之专名。《杂记》记诸侯相吊辞，相者请事，“客曰：‘寡君使某，如何不淑！’”“致命曰：‘寡君闻君之丧，寡君使某，如何不淑！'"《曲礼》注云："相传有吊辞云：'皇天降灾，子遭罹之，如何不淑！'""如何不淑"者，谓遭此不幸，将如之何也。《左·庄十年[1]传》："宋大水，公使吊焉，曰：'作淫雨，害于粢盛，若之何不吊。'"《襄十四年传》："公使厚成叔吊于卫，曰：'寡君使瘠，闻君不抚社稷，而越在他竟，若之何不吊。'"古"吊""淑"同字。"若之何不吊"亦即"如何不淑"也。是"如何不淑"者，古之成语，于吊死、唁生皆用之。《诗·鄘风》"子之不淑，云如之何"，正用此语。意谓宣姜本宜与君子偕老，而宣公先卒，则"子之不淑，云如之何"矣。不斥宣姜之失德，而但言其遭际之不幸，诗人之厚也。《王风》"遇人之不淑"，亦犹言遇人之艰难，不责其夫之见弃，而但言其遭际之不幸，亦诗人之厚也。诗人所用，皆当时成语，有相沿之意义。毛、郑胥以"不善"释之，失其旨矣。古又有"陟降"一语，古人言"陟降"，犹今人言"往来"，不必兼"陟"与"降"二义。《周颂》"念兹皇祖，陟降庭止""陟降厥士，日监在兹"，意以降为主，而兼言陟者也。《大雅》"文王陟降，在帝左右"，此以陟为主，而兼言降者也。故"陟降"者，古之成语也。"陟降"亦作"陟各"。《左·昭七年传》"叔父陟恪，在我先王之左右"，正用《大雅》语。"恪"者，"各"之借字。是"陟各"即"陟

① 十年，当为"十一年"。

降”也。古“陟”“登”声相近，“各”“格”“假”字又相通，故“陟各”又作“登假”。《曲礼》:“告丧，曰‘天王登假’。”《庄子·德充符》“彼且择日而登假”,《大宗师》“是知之能登假于道也”，若此“登假”，亦即“陟降”也。又作“登遐”。《墨子·节葬篇》:“秦之西有仪渠之国者，其亲戚死，聚柴薪而焚之，熏上则谓之‘登遐’。”“登遐”亦即“陟降”也。“登假”“登遐”，后世用为崩薨之专语。而通语之“陟降”，别以“登降”“升降”二语代之。然四语所从出之源，尚历历可指。《书·文侯之命》言“昭登于上”,（今书作“昭升于上”。然《史记·晋世家》《典引》蔡邕注皆引《书》“昭登于上”，盖今文如是。)《诗·大雅》言“昭假于下”，“登”与“假”相对为文，是“登假”即“陟降”之证也。《左传》之“陟恪”,《曲礼》之“登假”,《墨子》之“登遐”，皆谓“登”，而不谓“降”。此又《大雅》之“陟降”不当分释为上、下二义之证也。《诗》《书》中语类此者颇多，姑举其一二可知者。知字义之有转移，又知古代已有成语，则读古书者，可无“以文害辞，以辞害志”之失矣。

与友人论《诗》《书》中成语书（二）

古之成语，有可由《诗》《书》本文比校知之者。如高邮王氏之释《书》“猷裕”、《诗》“靡盬”，瑞安孙氏之释《书》“棐忱”“棐彝”、《诗》“不殄”“不瑕”，皆是也。今尚有可说者。如《书·康诰》云：“汝陈时臬司”，孔传读“司”字下属。案：下文云“汝陈时臬事”，古“司”“事”通用，（《诗·小雅》“择三有事”，《毛公鼎》云“粤三有嗣。”）则“臬司”即“臬事”。孔读失之。又云：“我时其惟殷先哲王德，用康乂民作求”，传说未了。案：《诗·大雅》“王配于京，世德作求。”“求”者，“仇”之假借字。仇，匹也。“作求”，犹《书》言“作匹”“作配”，《诗》言“作对”也。《康诰》言与殷先王之德能安治民者为仇匹，《大雅》言与先世之有德者为仇匹，故同用此语。郑《笺》训“求”为“终”者，亦失之。《酒诰》云：“惟天降命，肇我民。”“天降命”正与下文“天降威”相对为文，《多方》云“天大降显休命于成汤”是也。传以为“天下教令”者失之。天降命于君，谓付以天下。君降命于民，则谓全其生命。《多士》云：“昔朕来自奄，予大降尔四国民命。”《多方》云：“予惟大降尔命，尔罔不知。”又云：“我惟大降尔四国民命。”又云：“乃有不用我降尔命，我乃其大罚殛之。”盖四国之民与武庚为乱，成王不杀而迁之，是重予以性命也。传以“民命”为四国君，以“降”为杀，大失经旨矣。《酒诰》云：“汝劼毖殷献臣”，“劼毖”义不可通。案：上文“厥诰毖庶邦、庶士”，“劼毖”殆“诰毖”之讹。又云：“汝典听朕毖”，亦与上“其尔典听朕教”文例正同。则“毖”与“诰”“教”同义。传释“劼”为“固”，释“毖”为“慎”，亦大失经旨矣。《梓材》云：“庶邦享作，兄弟方来。”“兄弟方”与《易》之“不宁方”、《诗》之“不庭方”，皆三字为句，“方”犹“国”也。传于“兄弟”句绝，又以“方”为万方，亦失经旨。《鲁颂》“鲁邦是常”，笺云：“常，守也。”《商颂》“曰商是常”，笺云：“成汤之时，乃氐羌远夷来献来见，是曰我常君也。”[①] 实则“常”当读“尚”。《大雅》“肆皇天弗尚”，《墨子·非命下》引《去发》曰：“谓人有命，谓敬不可行，谓祭无益，谓无暴无伤，上帝不常，九有以亡”，“上帝不常”即“上帝弗尚”。《陈侯因資敦》“永为典尚”，“典尚”即“典常”。古“常”“尚”二字通用，“尚”

① 郑《笺》原文作：“成汤之时，乃氐羌远夷之国来献来见，曰‘商王是吾常君也’。”

之言“右”也。此皆可由《诗》《书》比校知之者也。其余《诗》《书》中语，不经见于本书而旁见于彝器者，亦得比校之而定其意义。如《书·金縢》云:“敷佑四方”，传云:“布其德教，以佑助四方。”案:《盂鼎》云:“匍有四方”，知“佑”为“有”之假借，非“佑助”之谓矣。《多方》云:“越惟有胥伯、小大多正，尔罔不克臬”，“胥伯”《尚书·大传》作“胥赋”。案:《毛公鼎》云:“执小大楚赋。”“楚”“胥”皆以“疋”为声，是《大传》作“胥赋”为长。而“小大多正”，当亦指布缕、粟米、力役诸征，非《孔传》“伯长、正官”之谓矣。《诗·郑风·羔裘》云:“舍命不渝”，笺云:“是子处命不变，谓守死善道，见危授命之等。”案:《克鼎》云:“王使善夫克舍命于成周。”《毛公鼎》云:“厥非先告父厝，父厝舍命，毋有敢蠢，尃命于外。”是“舍命”与“尃命”同意，“舍命不渝”谓如晋解扬之致其君命，非“处命”之谓也。《楚茨》云:“先祖是皇，神保是飨。”又云:“神保是格。”又云:“鼓钟送尸，神保聿归。”传、笺皆训“保”为“安”，不以“神保”为一语，朱子始引《楚辞》“灵保”以正之。今案:《克鼎》云:“圣念厥圣保祖师奠父。”是“神保”“圣保”皆祖考之异名。《诗》之“先祖是皇，神保是飨”“皇尸载起，神保聿归”，皆相互为文，非“安飨”“安归”之谓也。《文王》:“永言配命，自求多福”，传云:“永，长。言，我也。我长配天命而行。”案:《毛公鼎》:“皇天弘厌厥德，配我有周，膺受大命。”又云：“丕巩先王配命。”“配命”谓天所畀之命，亦一成语。“永言配命”犹云“永我畀命”，非“我长配天命”之谓也。《思齐》云：“不显亦临，无射亦保”，传云：“以显临之，保安无厌也”，笺云：“临，视也。保，犹居也。文王之在辟雍也，有贤才之质而不明者，亦得观于礼。于六艺无射才者，亦得居于位。”说尤迂曲。案：《毛公鼎》云：“肆皇天无射，临保我有周。”《师訇敦》云：“肆皇帝无斁，临保我有周。”则“临”犹“保”也。《大明》云：“上师临女。”《云汉》云：“上帝不临”，“上帝不临”犹《书·多士》云“上帝不保”也。然则《诗·思齐》盖“临”“保”互文，又知上云“雝雝在宫，肃肃在庙”，亦“宫”“庙”互文，非辟雍宫之谓也。《卷阿》云：“俾尔弥尔性”，传云：“弥，终也。”案：《龙姞敦》云：“用蕲眉寿，绾绰永命，弥厥生。”《齐子仲姜镈》云：“用求考命弥生。”是“弥性”即“弥生”，犹言永命矣。《韩奕》：“榦不庭方”，传云：“庭，直也”，笺云：“当与不直违失法度之方作贞幹。”案：《毛公鼎》云：“率怀不廷方。”《左·隐十年传》：“以王命讨不庭。”则“不庭方”谓不朝之国，非“不直”之谓也。《江汉》云：“肇敏戎公”，传云：“戎，大也。公，事也”，笺云：“戎犹女也。”案：《不娶敦》云：“女肇诲于戎工”，《虢季子白盘》云：“庸武于戎工”，皆谓兵事，训“大”、训“汝”皆失之。《商颂·殷武》云：“天命降监，下民有严”，传云：“严，敬也”，笺云：“天乃下视下民有严明之君。”案：“有严”一语，古人多以之斥神祇、祖考。《齐侯钟》云：“虩虩成唐，有严在帝所。”《宗周钟》云：“先王其严在上，熊熊數數，降余多福。”《虢叔旅钟》云：“皇考严在上，翼在下。”《番生敦》云：“不显皇祖考严在上，广启厥孙子于下。”是“天命降临，下民有严”者，意谓“天命有严，降监下民”，句或倒者，以就韵耳。笺以为“下视下民有严明之君”者，失之。又《康诰》：“要囚，服念五、六日至于旬时，丕蔽要囚”，《多方》：“要囚殄戮多罪”，又“我惟时其战要囚之”，传云：“要囚，谓察其要辞以断狱。”案：“要囚”即“幽囚”，古“要”“幽”同音。《诗·豳风》“四月秀葽”，《夏小正》作“四月秀幽”。《楚辞·湘君》《远游》之“要眇”，《韩非子》（七）之“要妙”，亦即“幽眇”“幽妙”也。传以为“察要辞”者，失之。如《书·君奭》云：“在让后人于丕时。”《诗·大雅》云：“帝命不时”，《周颂》云：“裒时之对”，“丕时”“不时”“裒时”，当是一语。《洛诰》云：“叙弗其绝厥若”，《立政》云：“我其克灼知厥若”，《康王之诰》云：“用奉恤厥若”，“厥若”亦当是成语。此等成语，无不有相沿之意义在，今日固无以知之。学者姑从盖阙可矣。

屈子之文学精神

我国春秋以前，道德政治上之思想、可分之为二派：一帝王派，一非帝王派。前者称道尧、舜、禹、汤、文、武，后者则称其学出于上古之隐君子，（如庄周所称广成子之类。）或托之于上古之帝王。前者近古学派，后者远古学派也。前者贵族派，后者平民派也。前者入世派，后者遁世派（非真遁世派，知其主义之终不能行于世，而遁焉者也）也。前者热性派，后者冷性派也。前者国家派，后者个人派也。前者大成于孔子、墨子，而后者大成于老子。（老子，楚人，在孔子后，与孔子问礼之老聃系二人。说见汪容甫《述学·老子考》。）故前者北方派，后者南方派。此二派者，其主义常相反对，而不能相调和。初孔子与接舆、长沮、桀溺、荷蓧丈人之关系，可知之矣。战国后之诸学派，无不直接出于此二派，或出于混合此二派。故虽谓吾国固有之思想不外此二者，可也。

夫然故吾国之文学，亦不外发表二种之思想。然南方学派则仅有散文的文学，如老子、庄、列是已。至诗歌的文学，则为北方学派之所专有。《诗三百篇》大抵表北方学派之思想者也。虽其中如《考槃》《衡门》等篇，略近南方之思想。然北方学者所谓“用之则行，舍之则藏”“有道则见，无道则隐”者，亦岂有异于是哉？故此等谓之南北公共之思想则可，必非南方思想之特质也。然则诗歌的文学，所以独出于北方之学派中者，又何故乎？

诗歌者，描写人生者也。（用德国大诗人希尔列尔之定义。）此定义未免太狭，今更广之曰“描写自然及人生”可乎。然人类之兴味，实先人生，而后自然，故纯粹之模山范水、流连光景之作，自建安以前，殆未之见。而诗歌之题目，皆以描写自己之感情为主。其写景物也，亦必以自己深邃之感情为之素地，而始得于特别之境遇中，用特别之眼观之。故古代之诗，所描写者，特人生之主观的方面，而对人生之客观的方面，及纯处于客观界之自然，断不能以全力注之也。故对古代之诗，前之定义，宁苦其广，而不苦其隘也。

诗之为道，既以描写人生为事，而人生者，非孤立之生活，而在家族、国家及社会中之生活也。北方派之理想，置于当日之社会中；南方派之理想，则树于当日之社会外。易言以明之，北方派之理想，在改作旧社会；南方派之理想，在创造新社会。然改作与创造，皆当日社会之所不许也。南方之人，以长于思辩，而短于实行，故知实践之不可能，而即于其理想中求其安慰之地，故有遁世无闷、嚣然自得以没齿者矣。若北方之人，则往往以坚忍之志、强毅之气，持其改作之理想，以与当日之社会争。而社会之仇视之也，亦与其仇视南方学者无异，或有甚焉。故彼之视社会也，一时以为寇，一时以为亲，如此循环，而遂生欧穆亚（Humour）之人生观。《小雅》中之杰作，皆此种竞争之产物也。且北方之人，不为离世绝俗之举，而日周旋于君臣、父子、夫妇之间，此等在在畀以诗歌之题目，与以作诗之动机。此诗歌的文学所以独产放北方学派中，而无与于南方学派者也。

然南方文学中，又非无诗歌的原质也。南人想像力之伟大丰富，胜于北人远甚。彼等巧于比类，而善于滑稽。故言大则有若北溟之鱼，语小则有若蜗角之国；语久则大椿冥灵，语短则蟪蛄朝菌。至于襄城之野，七圣皆迷；汾水之阳，四子独往。此种想像决不能于北方文学中发见之，故庄、列书中之某部分，即谓之散文诗，无不可也。夫儿童想像力之活泼，此人人公认之事实也。国民文化发达之初期亦然，古代印度及希腊之壮丽之神话，皆此等想像之产物。以我中国论，则南方之文化发达较后于北方，则南人之富于想像，亦自然之势也。此南方文学中之诗歌的特质之优于北方文学者也。

由此观之，北方人之感情，诗歌的也。以不得想像之助，故其所作遂止于小篇。南方人之想像，亦诗歌的也，以无深邃之感情之后援，故其想像亦散漫而无所丽，是以无纯粹之诗歌。而大诗歌之出，必须俟北方人之感情，与南方人之想像合而为一，即必通南北之驿骑而后可，斯即屈子其人也。

屈子，南人而学北方之学者也。南方学派之思想，本与当时封建贵族之制度不能相容。故虽南方之贵族，亦常奉北方之思想焉。观屈子之文，可以征之。其所称之圣王，则有若高辛、尧、舜、汤、少康、武丁、文、武，贤人则有若皋陶、挚说、彭、咸、（谓彭祖、巫咸，商之贤臣也，与“巫咸将夕降兮”之巫咸，自是二人，《列子》所谓“郑有神巫，名季咸”者也。）比干、伯夷、吕望、宁戚、百里、介推、子胥，暴君则有若夏启、羿、浞、桀、纣，皆北方学者之所常称道，而于南方学者所称黄帝、广成等不一及焉。虽《远游》一篇，似专述南方之思想，然此实屈子愤激之词，如孔子之居夷浮海，非其志也。《离骚》之卒章，其旨亦与《远游》同。然卒曰：“陟升皇之赫戏兮，忽临睨夫旧乡。仆夫悲余马怀兮，蜷局顾而不行。”《九章》中之《怀沙》，乃其绝笔，然犹称重华、汤、禹，足知屈子固彻头彻尾抱北方之思想，虽欲为南方之学者，而终有所不慊者也。

屈子之自赞曰“廉贞”，余谓屈子之性格，此二字尽之矣。其廉固南方学者之所优为，其贞则其所不屑为，亦不能为者也。女媭之詈、巫咸之占、渔父之歌，皆代表南方学者之思想，然皆不足以动屈子。而知屈子者，唯詹尹一人。盖屈子之于楚，亲则肺腑，尊则大夫，又尝筦[①]内政外交上之大事矣。其于国家既同累世之休戚，其于怀王又有一日之知遇，一疏再放，而终不能易其志。于是其性格与境遇相待，而使之成一种之欧穆亚。《离骚》以下诸作，实此欧穆亚所发表者也。使南方之学者处此，则贾谊（《吊屈原文》）、扬雄（《反离骚》）是，而屈子非矣。此屈子之文学所负于北方学派者也。

然就屈子文学之形式言之，则所负于南方学派者，抑又不少。彼之丰富之想像力，实与庄、列为近。《天问》《远游》凿空之谈，求女谬悠之语，庄语之不足，而继之以谐，于是思想之游戏更为自由矣。变《三百篇》之体而为长句，变短什而为长篇，于是感情之发表，更为宛转矣。此皆古代北方文学之所未有，而其端自屈子开之。然所以驱使想像而成此大文学者，实由其北方之肫[②]挚的性格。此庄周等之所以仅为哲学家，而周、秦间之大诗人，不能不独数屈子也。

要之，诗歌者，感情的产物也。虽其中之想像的原质，（即知力的原质。）亦须有肫挚之感情为之素地，而后此原质乃显。故诗歌者实北方文学之产物，而非儇薄冷淡之夫所能托也。观后世之诗人，若渊明，若子美，无非受北方学派之影响者。岂独一屈子然哉！岂独一屈子然哉！

---

① 筦，"管"之异体。

② 肫，古同"纯"。

古雅之在美学上之位置

“美术者，天才之制作也。”此自汗德以来，百余年间学者之定论也。然天下之物，有决非真正之美术品，而又决非利用品者。又其制作之人，决非必为天才，而吾人之视之也，若与天才所制作之美术无异者。无以名之，名之曰“古雅”。

欲知古雅之性质，不可不知美之普遍之性质。美之性质，一言以蔽之曰：可爱玩而不可利用者是已。虽物之美者，有时亦足供吾人之利用，但人之视为美时，决不计及其可利用之点。其性质如是，故其价值亦存于美之自身，而不存乎其外。而美学上之区别美也，大率分为二种：曰优美，曰宏壮。自巴克及汗德之书出，学者殆视此为精密之分类矣。至古今学者对优美及宏壮之解释，各由其哲学系统之差别而各不同。要而言之，则前者由一对象之形式不关于吾人之利害，遂使吾人忘利害之念，而以精神之全力沉浸于此对象之形式中。自然及艺术中普通之美，皆此类也。后者则由一对象之形式，超乎吾人知力所能驭之范围，或其形式大不利于吾人，而又觉其非人力所能抗，于是吾人保存自己之本能，遂超乎利害之观念外，而达观其对象之形式。如自然中之高山、大川、烈风、雷雨，艺术中伟大之宫室、悲惨之雕刻象、历史画、戏曲、小说等皆是也。此二者，其可爱玩而不可利用也同，若夫所谓古雅者则何如?

一切之美，皆形式之美也。就美之自身言之，则一切优美皆存于形式之对称、变化及调和。至宏壮之对象，汗德虽谓之无形式，然以此种无形式之形式能唤起宏壮之情，故谓之形式之一种，无不可也。就美术之种类言之，则建筑、雕刻、音乐之美之存于形式，固不俟论，即图画、诗歌之美之兼存于材质之意义者，亦以此等材质适于唤起美情故，故亦得视为一种之形式焉。释迦与玛丽亚庄严圆满之相，吾人亦得离其材质之意义，而感无限之快乐，生无限之钦仰。戏曲小说之主人翁及其境遇，对文章之方面而言之，则为材质；然对吾人之感情言之，则此等材质又为唤起美情之最适之形式。故除吾人之感情外，凡属于美之对象者，皆形式而非材质也。而一切形式之美，又不可无他形式以表之，惟经过此第二之形式，斯美者愈增其美，而吾人之所谓古雅，即此种第二之形式。即形式之无优美与宏壮之属性者，亦因此第二形式，故而得一种独立之价值。故古雅者，可谓之形式之美之形式之美也。

夫然，故古雅之致存于艺术，而不存于自然。以自然但经过第一之形式，而艺术则必就自然中固有之某形式，或所自创之新形式，而以第二形式表出之。即同一形式也，其表之也各不同。同一曲也，而奏之者各异；同一雕刻、绘画也，而真本与摹本大殊；诗歌亦然。“夜阑更秉烛，相对如梦寐”（杜甫《羌村》诗）之于“今宵剩把银釭照，犹恐相逢是梦中”（晏几道《鹧鸪天》词），“愿言思伯，甘心首疾”（《诗经·卫风·伯兮》）之于“衣带渐宽终不悔，为伊消得人憔悴”（欧阳修《蝶恋花》[1]），其第一形式同。而前者温厚，后者刻露者，其第二形式异也。一切艺术无不皆然，于是有所谓雅俗之区别起。优美与宏壮必与古雅合，然后得其固有之价值。不过优美及宏壮之原质愈显，则古雅之原质愈蔽。然吾人所以感如此之美且壮者，实以表出之之雅故，即以其美之第一形式，而更以雅之第二形式表出之故也。

虽第一形式之本不美者，得由其第二形式之美（雅）而得一种独立之价值。茅茨土阶与夫自然中寻常琐屑之景物，以吾人之肉眼观之，举无足与优美若宏壮之数，然一经艺术家（绘画，若诗歌）之手，而遂觉有不可言之趣味。此等趣味，不自第一形式得之，而自第二形式得之无疑也。绘画中之布置属于第一形式，而使笔、使墨则属于第二形式。凡以

① “欧阳修”当为“柳永”。

笔墨见赏于吾人者，实赏其第二之形式也。此以低度之美术（如法书等）为尤甚。三代之钟鼎，秦汉之摹印，汉、魏、六朝、唐、宋之碑帖，宋、元之书籍等，其美之大部，实存于第二形式。吾人爱石刻不如爱真迹，又其于石刻中爱翻刻不如爱原刻，亦以此也。凡吾人所加于雕刻、书画之品评，曰神、曰韵、曰气、曰味，皆就第二形式之言者多，而就第一形式言之者少。文学亦然，古雅之价值大抵存于第二形式。西汉之匡、刘，东京之崔、蔡，其文之优美宏壮，远在贾、马、班、张之下，而吾人之嗜之也亦无逊于彼者，以雅故也。南丰之于文，不必工于苏、王；姜夔之于词，且远逊于欧、秦，而后人亦嗜之者，以雅故也。由是观之，则古雅之原质，为优美及宏壮中不可或缺之原质，且得离优美宏壮而有独立之价值，则固一不可诬之事实也。

然古雅之性质，有与优美及宏壮异者。古雅之但存于艺术，而不存于自然，即如上文所论矣，至判断古雅之力与判断优美与宏壮之力不同。后者先天的，前者后天的、经验的也。优美及宏壮之判断之为先天的判断，自汗德之《判断力批评》后，殆无反对之者。此等判断既为先天的，故亦普遍的、必然的也。易言以明之，即一艺术家所视为美者，一切艺术家亦必视为美。此汗德所以于其美学中，预想一公共之感官也。若古雅之判断则不然，由时之不同，而人之判断之也各异。吾人所断为古雅者，实由吾人今日之位置断之。古代之遗物无不雅于近世之制作，古代之文学虽至拙劣，自吾人读之，无不古雅者，若自古人之眼观之，殆不然矣。故古雅之判断，后天的也，经验的也，故亦特别的也，偶然的也。此由古代表出第一形式之道与近世大异，故吾人觏其遗迹，不觉有遗世之感随之，然在当日则不能。若优美及宏壮，则固无此时间上之限制也。

古雅之性质既不存于自然，而其判断亦但由经验，于是艺术中古雅之部分不必尽俟天才，而亦得以人力致之。苟其人格诚高，学问诚博，则虽无艺术上之天才者，其制作亦不失为古雅。而其观艺术也，虽不能喻其优美及宏壮之部分，犹能喻其古雅之部分。若夫优美及宏壮，则非天才殆不能捕攫之，而表出之。今古第三流以下之艺术家，大抵能雅而不能美且壮者，职是故也。以绘画论，则有若国朝之王翚，彼固无艺术上之天才，但以用力甚深之故，故摹古则优，而自运则劣，则岂不以其舍其所长之古雅，而欲以优美宏壮与人争胜也哉！以文学论，则除前所述匡、刘诸人外，若宋之山谷，明之青邱、历下，国朝之新城等，其去文学上之天才盖远，徒以有文学上之修养，故其所作遂带一种典雅之性质。而后之无艺术上之天才者，亦以其典雅故，遂与第一流之文学家等类而观之。然其制作之负于天分者十之二三，而负于人力者十之七八，则固不难分析而得之也。又虽真正之天才，其制作非必皆神来兴到之作也。以文学论，则虽最优美、最宏壮之文学中，往往书有陪衬之篇，篇有陪衬之章，章有陪衬之句，句有陪衬之字。一切艺术，莫不如是。此等神兴枯涸之处，非以古雅弥缝之不可。而此等古雅之部分，又非藉修养之力不可。若优美与宏壮，则固非修养之所能为力也。

然则古雅之价值，遂远出优美与宏壮之下乎？曰：不然。可爱玩而不可利用者，一切美术品之公性也。优美与宏壮然，古雅亦然。而以吾人之玩其物也，无关于利用故，遂使吾人超出乎利害之范围外，而惝恍于缥缈宁静之域。优美之形式，使人心平和；古雅之形式，使人心休息，故亦可谓之低度之优美。宏壮之形式常以不可抵抗之势力，唤起人钦仰之情；古雅之形式则以不习于世俗之耳目故，而唤起一种之惊讶。惊讶者，钦仰之情之初步，故虽谓古雅为低度之宏壮，亦无不可也。故古雅之位置，可谓在优美与宏壮之间，而兼有此二者之性质也。至论其实践之方面，则以古雅之能力，能由修养而得之，故可为美育普及之津梁。虽中智以下之人，不能创造优美及宏壮之物者，亦得由修养而有古雅之创造力。又虽不能喻优美及宏壮之价值者，亦得于优美宏壮中之古雅之原质，或于古雅之制作物中得其直接之慰藉。故古雅之价值，自美学上观之，诚不能及优美及宏壮，然自其教育众庶之效言之，则虽谓其范围较大、成效较著可也。因美学上尚未有耑[①]论古雅者，故略述其性质及位置如右。篇首之疑问，庶得由是而说明之欤！

① “耑”，同“专”。